KB209816

록산느를 위한 발라드

록산느를 위한 발라드

에드몽 로스탕 원작
김태형 각색

일러두기

1. 연극 〈록산느를 위한 발라드〉는 국립극단 어린이청소년극연구소가 개발한 레퍼토리로, 에드몽 로스탕의 희곡 『시라노 드 베르주라크』를 청소년극으로 재창작한 작품이다. 2015년 5월 9일부터 24일까지 국립극단 소극장 판에서 초연되었으며, 서충식 연출에 김지훈, 안병찬, 안창환, 하윤경이 출연했다.

2. 이 책에 수록된 희곡과 사진은 2024년 버전으로, 해당 공연은 안동문화예술의전당(2024. 11. 21. ~ 11. 22.)과 국립아시아문화전당(2024. 12. 5. ~ 12. 7.) 무대에 올랐다. 서충식이 연출을 맡고 배우 도준영, 안창현, 원빈, 이정희, 장석환, 최하윤이 함께했다.

3. 이 희곡의 공연 저작권은 각색 작가에게 있으며, 공연과 관련한 모든 사항은 반드시 작가와 협의하여야 한다.

4. 이 책은 국립국어원의 한글 맞춤법 규정을 따랐으나, 희곡이라는 장르의 특성상 등장인물들의 입말이나 작가의 의도가 반영된 표현 등은 최대한 살리고자 했다.

기획 노트 6
각색 노트 8

프롤로그 12
1장 25
2장 52
3장 87
4장 119
에필로그 137

인터뷰 노트 146

기획 노트

국립극단 어린이청소년극연구소

국립극단 어린이청소년극연구소는 2011년 〈소년이 그랬다〉를 시작으로 청소년극을 제작해오고 있다. 〈록산느를 위한 발라드〉의 원작은 프랑스 작가 에드몽 로스탕의 『시라노 드 베르주라크』로, 제목에서 알 수 있듯이 '시라노'가 주인공인 작품이다. 그러나 2015년 어린이청소년극연구소는 처음 이 작품을 만났을 때 세 명의 인물이 사랑하는 '록산느'에 주목했다.

그 누구도 아닌 '록산느'를 위한 발라드
매 순간 성장하는 청소년을 위한 이야기

자신이 원하는 사랑을 찾고자 하는 태양 같은 의지의 소유자 록산느는 세 명의 인물과 여러 의미의 사랑을 주고받는 주체이면서 대상이다. 작품 속에서 록산느는 오랜 세월 미처 알지 못했던 진실을 깨닫고, 그 순간 자신을 둘러싸고 있던 보이지 않는 벽이 무너지면서 한 발 더 앞으로 나아가게 된다. 거침없이 자기 감정을 표현하고 애정을 갈구하며 진실에 다가가는 록산느. 사랑을 통해 새로운 '나'로 거듭나고 성숙해지는 과정은 기존의 질서 속에서 늘 부딪

히고 깨지면서 성장하는 '청소년'의 모습과 닮아 있다. 록산느는 이렇게 쉽게 규정지을 수 없는 청소년들의 끝없는 가능성과 잠재성을 대표하는 인물이기도 하다. 〈록산느를 위한 발라드〉가 청소년극인 이유다.

사랑과 진실을 찾아가는 낭만 가득한 여정
그 끝에서 마주하는 우리의 진짜 모습

〈록산느를 위한 발라드〉는 진정한 사랑에 대해 질문을 던지고, 서로의 진짜 모습을 마주하게 하는 이야기다. 원작에서는 시라노의 안타까운 사랑 이야기가 중심이었다면 〈록산느를 위한 발라드〉는 캐릭터들의 관계에 초점을 맞추어 록산느, 시라노, 크리스티앙, 드 기슈의 다양한 사랑의 방식을 보여준다. 관객들은 각자 바라보는 관점에 따라 네 사람의 모습에 스스로를 대입해볼 수 있다. 사랑을 통해 자신의 정체성을 찾아가는 네 주인공의 이야기는 진정한 자기 자신의 내면을 오롯이 들여다보게 해줄 것이다. 국립극단 청소년극 희곡선 두 번째 이야기 『록산느를 위한 발라드』를 통해 사랑과 진실을 찾아가는 이들의 찬란한 여정에 많은 독자가 함께하길 바란다.

각색 노트

김태형

각색은 태는 나지 않으면서 참 골치 아픈 작업이다. 원작이 지닌 의미를 훼손하지 않는 동시에 거기에서 한 발짝 더 나아가야 하기 때문이다. 그것이 오랜 시간을 이겨낸 고전이라면 더더욱 그렇다. 하물며 청소년을 위한 극이라니.

17세기 프랑스를 배경으로 한, 다분히 영웅적인 면모를 드러내는 한 남성의 이야기를 각색하면서 생각과 고민이 많았다. 그럼에도 그 과정이 그저 내처 괴롭지만은 않았는데, 자기만의 고유함을 가진 네 인물 덕분이었다. 봄의 록산느, 여름의 크리스티앙, 가을의 시라노 그리고 겨울의 드 기슈까지, 그들은 모두 계절처럼 변화한다. 저마다의 방식으로 사랑을 멈추지 않는다. 사랑은 오늘날에도 여전히 존재하고 유효하며 간절하다는 것을 행위로 보여준다. 특히, 거침없이 선택하고 움직이고 실패하지만 끝끝내 그 어리석어 보이는 일을 포기하지 않는 록산느의 모습은 각색자로서 한 걸음 나아갈 수 있는 용기를 주었다.

일반극과 청소년극의 차이점이 무엇이라고 생각하세요? 얼마 전에 끝난 지방 공연에서 한 청소년 관객이 던진 질문이다. 나 역시 꽤 오랫동안 생각했으나 변변한 답을 찾지 못했던 터. 그래서 극장 로비에 붙은 수많은 포스트잇 속에서 유독 그 질문이 눈에 들어왔던 것 같다.

나는 『시라노 드 베르주라크』를 청소년극으로 각색하면서 꽤 자주 내가 가장 예뻤을 때를 떠올렸다. 너무 먼 과거의 기억이라(심지어 '예뻤을 때'라니!) 거슬러 오르기 쉽지 않았지만, 이야기가 잘 풀리지 않아 끙끙대던 어느 밤들에 나는 그때의 나를 만났다. 조금 웃기고 많이 기쁠 줄 알았는데, 조금 웃기고 많이 슬펐다. 그러나 마냥 슬프지만은 않은, 울면서 달리는 기분에 고요히 흔들리다가 고쳐 앉기를 거듭했다. 나 자신도 미처 알지 못했던 그 시절의 나와 만나는, 어리석어서 빛나던 그 말간 얼굴을 마주 보게 되는 경험. 태 안 나지만 골치 아픈 작업을 하는 내내 내가 느낀 이 감각이 앞선 질문에 대한 엉성한 답이 될 수 있을까.

한겨울 광야 한복판에서 떠올린 봄날의 꽃밭 같은 이 극이 지금 여기를 사는 우리에게 사랑과 용기에 관한 이야기로 오래 기억되면 좋겠다.

등장인물

록산느

시라노

크리스티앙

드 기슈

세실

뱅상

여인

괴한

병사1, 2

군인들, 산짐승들

무대 무대는 크게 두 개의 공간으로 나뉜다.

하나는 꽃나무가 있는 봄의 공간이자 록산느의 공간이다. 꽃나무는 이야기의 시작과 끝을 함께하는 이 극의 중요한 오브제이다. 록산느를 향한 숱한 사랑의 시도들이 그 아래에서 일어난다. 꽃나무는 시간의 흐름을 나타내는 동시에, 편지와 함께 인물들의 내적 변화를 드러내는 상징물로 쓰인다. 꽃나무의 위치는 상황에 따라 장면마다 바뀌어도 상관없다.

다른 하나는 겨울의 공간이자 남자들의 공간이다. 경사진 언덕과 구불구불한 길로 이어진 황량한 벌판이다. 군부대와 전쟁터 장면 등이 이곳에서 벌어진다.

그리고 무대 가장 높은 곳에 떠 있는 크고 둥글고 환한 달.

프롤로그

무대 밝아지면 시라노, 크리스티앙, 드 기슈가 등장한다.
자기만의 움직임으로 무대 위를 종횡무진 누비는 세 사람.
그들은 쫓거나 쫓기거나 이따금 원을 돌면서 서로를 견제하기도 한다.
하지만 직접 충돌하지는 않는다.

잠시 뒤 각자의 자리에 서는 세 사람.
시라노와 크리스티앙의 손짓에 드 기슈가 무대 가운데로 나온다.

크리스티앙 앙트완 드 기슈!

드 기슈, 자기만의 방식으로 반응한다.

시라노 지체 높은 가문의 외동아들이자 이 지역 부대의 세 개 중대를 이끄는 젊은 장교. 3대째 내려오는 군인 출신 집안으로, 전쟁을 통해 막대한 부를 쌓았다. 한마디로 엄마 배 속에서 금수저 물고 나온 케이스.

크리스티앙 보다시피 온몸에 우아한 기품이 흘러넘친다. (짧은 사이, 객석의 반응을 살피고는) 그렇다고 치자. 이건 연극이니까.

시라노 명품 플렉스가 취미인 그는 유독 리미티드 에디션에 집착하는 경향을 보이는데, 한번 꽂힌 신상은 웃돈을 주고서라도 반드시 손에 넣고야 마는 호갱, 아니 VVIP. (귓속말하듯) 심지어 팬티에도 자기 이름을 수놓을 만큼 허영심으로 똘똘 뭉쳤다.

크리스티앙 모든 것을 가진 남자! 하지만 안타깝게도 갖지 못한 유일한 것이 있었으니…… 그것은 바로 한 여인의 마음.

드 기슈, 시무룩해져서 제자리로 돌아간다.
크리스티앙이 무대 가운데로 걸어 나온다.

시라노 크리스티앙 드 뇌빌레트!

크리스티앙, 자기만의 방식으로 반응한다.

드 기슈 보다시피 정말 잘생겼다. (짧은 사이, 객석의 반응을 살피고는) 믿어라. 거듭 말하지만 이건 연극이다.

시라노 마치 대리석을 깎아놓은 듯 이마에서부터 부드럽게 흘러내리는 콧날과 베일 듯 날카로운 턱선. 그리고 그만의 트레이드마크, 깊이를 알 수 없는 우물 같은 눈동자!

드 기슈, 크리스티앙의 눈앞에 대고 자신의 손바닥을 마구 흔든다.

드 기슈 얘 아예 초점이 나갔는데?

시라노 내세울 거 하나 없는 가난한 집안 3남 2녀 중 넷째로 태어나 존재감이라고는 1도 없이 자랐다. 하지만 운도 좋지. 유전자 몰빵 덕에 외모가 완성되기 시작한 사춘기 이후부터 뭇 여성들의 시선을 한 몸에 받고 있다.

드 기슈 하지만 참 희한하단 말이지. 어딘가 모르게 촌스러워. 2퍼센트 부족한 느낌이랄까.

시라노 유년 시절 애정결핍이 원인인지는 모르겠으나, 백 마디 말보다 한 번의 스킨십으로 승부를 거는 저돌적인 스타일. 타고난 비주얼로 백전백승의 승률을 자랑하는 연애술사. (짧은 사이) 저 반쯤 벌어진 입으로 말만 내뱉지 않는다면.

크리스티앙 (객석을 향해 느끼한 눈빛으로) 내가 너 좋아하면 안 되냐?

야유를 보내는 시라노와 드 기슈.
크리스티앙, 시무룩해져서 제자리로 돌아간다.

시라노가 무대 가운데로 걸어 나온다.

드 기슈 시라노 드 베르주라크!

시라노, 자기만의 방식으로 반응한다.

크리스티앙 그를 지칭하는 말은 밤하늘에 떠 있는 별만큼이나 무수하다. 서정시와 풍자시를 자유자재로 넘나드는 천재 시인.

시라노 (허공에 글 쓰는 시늉을 하며) 여름이었다…….

크리스티앙 불의를 참지 못하는 용감무쌍한 검객.

시라노 (허공에 칼 휘두르는 시늉을 하며) 권력은 군중을 가장 두려워하는 법!

크리스티앙 달과 별을 사랑하는 천문학자이자 절대음감을 자랑하는 뛰어난 음악가.

시라노 뮤직!

음악이 흐르면 시라노가 격정에 찬 표정으로 지휘를 한다.

드 기슈 그만!

음악이 멈춘다.

유년 시절 애정결핍이 원인인지는 모르겠으나,
백 마디 말보다 한 번의 스킨십으로 승부를 거는 저돌적인 스타일.
타고난 비주얼로 백전백승의 승률을 자랑하는 연애술사.
저 반쯤 벌어진 입으로 말만 내뱉지 않는다면.

드 기슈 잔재주가 많으면 인생 말년에 외롭다는 옛말이 있지.

크리스티앙 타고난 영웅적 기질 덕분에 어디서나 환대를 받는 슈퍼스타.

드 기슈 타고난 콤플렉스 때문에 어디서나 분란을 일으키는 트러블 메이커.

크리스티앙 하지만 그를 싫어하는 이를 찾기란 결코 쉽지 않을 걸?

드 기슈 그게 이해가 안 간다고!

크리스티앙 사람들은 말한다. "시라노는 달 아래 사는 인간들 가운데 가장 매력적인 친구야!"

드 기슈 잠깐! 분량 무슨 일이야? 캐스팅할 때 이런 얘기 없었잖아.

크리스티앙 저기, 잘 모르나 본데…… 이거 원작이 '시라노'야. 원래 쟤가 원톱이라고.

드 기슈 (짜증스럽게) 묘하고 과격하며 기상천외한 데다 우스꽝스러운 인간!

크리스티앙 아! 시라노 하면 가장 먼저 떠오르는 것. 왼쪽 주머니에 항상 꽂고 다니는 백조의 깃털로 만든 펜. 그의 아름다운 시가 태어나는 곳.

드 기슈 항간에는 닭털이라는 소문도 있다지?

시라노와 드 기슈, 서로를 노려본다.

드 기슈 시라노 하면 가장 먼저 떠오르는 건 따로 있지.

당황하는 시라노.

드 기슈 코!

시라노, 애처로운 눈빛으로 크리스티앙을 바라본다.

크리스티앙 맞다, 코!

시라노, 하는 수 없이 뒤돌아서서 얼굴에 큰 코를 붙인다.

크리스티앙 시라노를 완성하는 건 뭐니 뭐니 해도 거대한 코!

드 기슈 썰면 세 근.

크리스티앙 쉿! 함부로 코 이야기 꺼냈다간 큰코다치는 수가 있어.

시라노, 풀 죽은 얼굴을 하고 제자리로 돌아온다.

드 기슈 닮은 점이라곤 눈 씻고도 찾아볼 수 없는 세 남자에겐 한 가지 공통분모가 있었으니.

크리스티앙 그건 바로…….

맞다. 코!
시라노를 완성하는 건 뭐니 뭐니 해도 거대한 코!

쉿!
함부로 코 이야기 꺼냈다간 큰코다치는 수가 있어.

시라노 하면 가장 먼저 떠오르는 건 따로 있지.
코!

썰면 세 근.

드 기슈 (선수를 치듯 재빠르게) 마그들렌 로뱅!

아무 반응이 없다.

드 기슈 (당황한 듯 더 큰 소리로) 마그들렌 로뱅!

역시 반응이 없다.

시라노 흥, 백날 불러봐라.

드 기슈 아, 뭐가 문젠데!

크리스티앙 그런 평범한 이름은 그녀에게 어울리지 않아!

시라노 (록산느의 흉내를 내며) "시라노, 부모가 지어줬단 이유 하나로 마음에 안 드는 이름을 평생 써야 하다니, 뭔가 이상하지 않아?" 그래서 열다섯 살 생일을 기념해 직접 이름을 지어 자기한테 선물했지.

크리스티앙 고대 페르시아어로 '환한 빛'이라는 뜻.

시라노 사랑이라는 이름이 온전히 사랑의 것이듯 오직 그녀만을 위해 존재하는 그 이름은 바로…….

극장 문이 활짝 열린다.
펜싱복 차림에 마스크와 프로텍터를 장착한 록산느가 검을 들고 서 있다.

셋 모두 록산느!

록산느, 펜싱 동작을 하며 객석을 가로질러 무대 위로 올라온다.
그사이 시라노가 슬쩍 코를 떼지만 드 기슈가 잽싸게 다시 달아준다.
세 남자, 록산느를 향해

크리스티앙 태양처럼 뜨겁고

드 기슈 별빛처럼 찬란하며

시라노 달빛처럼 신비로운 그대 이름은

셋 모두 록산느!

드 기슈 정숙함과는 살짝 거리가 있지만

크리스티앙 어디로 튈지 모르는 것이 그녀만의 매력.

시라노 사랑을 품은 치명적인 덫, 그대 이름은

셋 모두 록산느!

시라노, 크리스티앙, 드 기슈가 각자의 방식으로 구애한다.
하지만 펜싱 동작으로 그들을 가볍게 밀어내는 록산느.

록산느 (한 동작을 여러 번 반복하면서) 하, 여기가 계속 안 된단 말이야.

셋 모두 (조심스럽게) 록산느?

록산느, 그제야 마스크를 벗고 땀을 닦으며 숨을 고른다.

록산느 안녕!

셋 모두 안녕!

기대에 찬 눈빛으로 록산느를 바라보는 세 사람.

록산느 나 할 얘기가 있어.

긴장하는 세 사람.

록산느 지금은 좀 그렇고……. 이번 주말 어때?

셋 모두 좋아!

사이

록산느 그때 봐. (짧은 사이) 시라노.

록산느, 나간다.
크리스티앙과 드 기슈가 그 뒤를 힘없이 따라 나간다.

시라노, 쾌재를 부르고는 깃털 펜과 수첩을 꺼내 뭔가를 쓴다.
그러다가 영 마음에 들지 않는지 수첩 종이를 찢어서 구겨버린다.
쓰고 구겨서 버리고 쓰고 구겨서 버리는 행동을 반복한다.
바닥에 떨어진 종이 뭉치들을 주워 나뭇가지에 매다는 시라노.
꽃나무가 조금 환해진다.
시라노, 꽃나무를 바라본다.

1장

주말 오후.
시라노가 벤치에 앉아 록산느를 기다리고 있다.
시라노, 멀리서 드 기슈를 발견하고 꽃나무 뒤로 가 숨는다.
잠시 뒤 록산느가 어깨에 포대 하나를 둘러메고 등장한다.
드 기슈가 그 뒤를 따라 들어온다.
록산느, 걸음을 멈추고 휙— 뒤돌아본다.

드 기슈 (과장해서) 아니, 이런 우연이! 이런 걸 인연이라고 하나요?

록산느 악연도 인연이라면.

드 기슈 벌써 사흘째…….

록산느 제 주변을 맴돌고 계신 건 아니죠?

드 기슈 사람을 뭐로 보고! 난 갈 길 가던 중인데?

록산느 (고개를 까딱하며) 그럼 갈 길 가시죠.

드 기슈 이왕 이렇게 된 거 같이 갑시다. (호기롭게) 짐은 제가 들어드리지요.

드 기슈, 록산느의 포대를 가져와 어깨에 짊어진다.
그 무게에 휘청거리는 드 기슈, 슬쩍 포대를 바닥에 내려놓는다.

록산느 이 길로 계속 가면 시장통인 건 알고 있죠?

드 기슈 (살짝 당황하며) 당연하죠!

록산느 고귀하신 분께서 저 시끄럽고 복잡한 난장에는 무슨 볼일이실까?

드 기슈 (잠시 고민하다가) 아! 부대에 납품할 식자재 거래처를 알아봐야 하거든요.

록산느 그런 일도 직접 하시나요?

드 기슈 이번 건은 규모가 워낙 커놔서. 밀과 고기, 포도주가 많이 필요해요. 모두 당신 상점에서 거래하는 품목들이죠. 이제 좀 솔깃하신가?

록산느 납품 때문이라면 가게에서 뱅상과 세실을 찾으세요. 그리고 오늘 영업은 끝났습니다만.

드 기슈 그거 잘됐네! 그럼 시간 좀 냅시다. 근처에 푸아그라 파테와 송아지 스테이크를 기가 막히게 하는 식당이 있거든.

록산느 많이 한가하신가 봐요? 전쟁 준비로 이 지역 모든 부대가 비상이라던데.

드 기슈 훈련은 사병들이나 하는 거고. 난 지휘관입니다. 전략을 짜는 브레인.

록산느 그럼 가서 전략이나 짜시든가요.

드 기슈 당신 마음을 얻기 위한 전략을 짜느라 머리가 터져버릴 것 같아요.

록산느 적성에 영 안 맞는 거 같으니 일찌감치 다른 길 찾아보시죠.

드 기슈 내가 보낸 선물, 포장도 안 뜯고 그대로 돌려보냈더군요.

록산느 어차피 제 게 아니니까요.

드 기슈 풀어봤다면 생각이 바뀌었을 텐데.

록산느 아쉬워라!

드 기슈 (무릎을 꿇고 반지를 건네며) 직접 확인하시죠.

록산느 관심 없어요.

드 기슈 록산느, 언제쯤 내 마음을 받아줄 겁니까? 당신 때문에 내 속이 까맣게 타다 못해…… 디다 못해…….

록산느 (무심히) 잿더미.

드 기슈 빙고! 잿더미가 되었소. 내 마음을 꿰뚫어보는군요! 역시 우린 하늘이 내려준 한 쌍의…… 한 쌍의…….

록산느 (무심히) 바퀴벌레.

드 기슈 빙고! 바퀴……. (짧은 사이) 아, 씨…… 됐어! 못 해! 안 해!

록산느 빙고! 내 마음을 꿰뚫어보시네요. (다시 고개를 까딱하며) 그럼 이만.

드 기슈 (가려는 록산느를 가로막으며) 난 번지르르한 말 따윈 믿지 않아요. 말은 힘이 없거든. 입 밖으로 내뱉는 순간 공기와 함께 사라져버리니까. 하지만 내가 가진 것들은 절대 변하거나 사라지지 않죠.

록산느 뭘 가졌는데요?

드 기슈 (반지를 들어 보이며) 보석, 돈, 명예, 권력, 지위, 스펙, ……우리 아빠?

록산느 변하지 않는 건 사랑 하나로 충분해요.

드 기슈 애송이! 당신은 아직 어려서 세상을 몰라. 난 당신을 행복하게 해줄 만반의 준비가 돼 있어요. 내가 가진 모든 걸 줄게요.

록산느 뭘 줄 건데요?

드 기슈 평생 기억에 남을 초호화 결혼식. 럭셔리 풀빌라 신혼여행. 드넓은 정원이 있는 저택과 우리를 꼭 닮은 아이들. 아, 둘만 낳읍시다. 첫째는 딸이면 좋겠어요. 상상해봐요. 매서운 눈보라가 몰아치는 겨울밤, 따뜻한 거실 벽난로 앞에서 사랑스러운 딸아이의 피아노 연주에 맞춰 당신과 내가 왈츠를…….

록산느 이렇게 화창한 봄날에 추운 겨울을 상상하라고요?

드 기슈 하…… 진짜. 인생엔 주구장창 봄날만 있는 게 아니야!

록산느 아직 오지도 않은 겨울을 걱정하며 짧은 봄날을 보낼 순 없죠.

드 기슈 언제 철들래요?

록산느 그럼 난요? 난 뭘 주면 되죠?

드 기슈 사랑! 그거 하나면 끝. 어때요, 꽤 괜찮은 거래 아닙니까?

록산느 거래라면 나도 좀 알죠. 근데 이 거래는 시작부터 잘못됐어요. 사랑을 얻으려면 똑같이 사랑을 줘야죠. 내가 원하는 사랑은 화려한 결혼식이나 정원 딸린 대저택, 한겨울 벽난로 앞에서 추는 왈츠가 아니에요. 그건 조건이지 사랑이 아니라고요. 미안하지만, 나는 조건 따윈 관심 없어요.

드 기슈 현실을 외면한 사랑은 불안할 수밖에.

록산느 (과장되게) 그 불안이 날 흥분시키죠!

드 기슈 못 해먹겠네, 진짜. 뭐가 이렇게 복잡하고 어려워!

록산느 (드 기슈를 돌려세우며) 자, 당장 돌아가서 전략부터 다시 세우시죠.

드 기슈 흥, 가지 말래도 갈 거요. (나가다가 다시 돌아와서) 아까부터 말해주고 싶었는데 이 옷, 진짜 안 어울려. 같이 갑시다. 머리끝부터 발끝까지 한정판 신상으로 싹 바꿔줄 테니. 아, 우선 식

사부터 하고.

록산느 어쩌죠? 친구와 약속이 있어서.

드 기슈 이 무거운 걸 이고서?

록산느 가게에 두고 가려던 참이었어요. 그런데 시간이……. 덕분에 이 친구도 동행하게 생겼네요.

드 기슈 이런! 나 때문에 주말 약속을 망칠 순 없죠. 짐은 내가 가게 앞에 가져다 놓겠습니다. 이게 바로 군인 정신이죠!

록산느 무거울 텐데.

록산느가 지켜보는 가운데, 드 기슈가 밀 포대와 씨름을 한다.
그때 나무 뒤에 숨어 있던 시라노가 나온다.

시라노 아니, 이런 우연이!

록산느 시라노!

드 기슈 또 너냐?

시라노 이런 걸 인연이라고 하나요?

드 기슈 악연도 인연이라면.

시라노 두 분의 오붓한 시간을 방해할 생각은 없습니다만, 더는 못 들어주겠네요. 저한테 과외 좀 받으실래요? 드립 치는 수준이 영.

드 기슈 건방진 놈. 너 오늘 혼 좀 나야겠다. (등 뒤로 눈짓을 보내며) 얘들아!

시라노가 드 기슈의 병사들과 한판 결투를 벌인다.
록산느도 적극적으로 가담한다.
한 명, 두 명, 세 명……. 두 사람 앞에서 맥없이 쓰러지는 병사들.
당황한 드 기슈, 망설이다 자신의 칼을 뽑아 든다.

드 기슈 (시라노에게 달려들면서) 시라노!

시라노 잠깐!

드 기슈 (중심을 잃고 기우뚱하며) 뭐, 뭐야?

시라노 (객석을 가리키며) 여기 우리를 지켜보는 눈들도 있으니 이왕이면 재밌게 싸웁시다. 우리가 결투를 하는 동안 이분들께서 지루해하시지 않도록 제가 시를 한 편 짓겠습니다. 그리고 시가 끝나는 순간, 나는 당신을 찌를 겁니다. '시라노, 보기 좋게 차인 젊은 꼰대와 한판 결투를 벌이다.'

드 기슈 뭔 개소리야.

시라노 (다가서며) 이 시의 제목! 부제는 '록산느를 위한 발라드'.

결투를 벌이는 시라노와 드 기슈.

시라노 모자를 벗어 던진다, 나비처럼 경쾌하게.
망토를 내려놓는다, 사자처럼 우아하게.
큰 칼을 추켜올린다, 독사처럼 비장하게.
그리고 이 시가 끝나면, 나는 찌른다.

여기 우리를 지켜보는 눈들도 있으니 이왕이면 재밌게 싸웁시다. 우리가 결투를 하는 동안 이분들께서 지루해하시지 않도록 제가 시를 한 편 짓겠습니다. 그리고 시가 끝나는 순간, 나는 당신을 찌를 겁니다.

오! 밀랍처럼 창백해진 당신의 얼굴.
우! 연기처럼 사라지는 당신의 용기.
아! 술꾼처럼 휘청이는 당신의 칼끝.
그리고 이 시가 끝나면, 나는 찌른다.

어디를 베어드릴까, 출렁이는 뱃살 한 줌?
어디를 찔러드릴까, 딸랑이는 방울 두 쪽?
아이고 이걸 어쩌나, 한 행이 모자라네?
다행히 이 시가 끝났으니, 나는 찌른다.

시라노의 칼끝이 드 기슈의 낭심을 향한다.
그 자리에 주저앉고 마는 드 기슈.

시라노 (칼을 거두며) 이번 전쟁에 관해 옹호하는 시를 쓰면 사례를 두둑이 하신다고요? 이렇게 만났으니 직접 말씀드리죠. (귓속말로) 싫, 어, 요.

드 기슈 (자리에서 일어나며) 왜지?

시라노 난 군인이기 전에 예술가니까. 당신이 일으키지 못해 안달 난 그 전쟁에는 명분이 없어요. 그렇다고 아름답기를 해?

드 기슈 꼴에 여자 앞이라고 멋있는 척은. 너 『돈키호테』 읽어봤지? 풍차한테 덤비다가 진창을 나뒹구는 어리석은 돈키호테. 내 눈엔 네가 딱 그래 보여.

시라노 그 진창 위에도 숭고한 달은 뜬답니다. 그럼 안녕히.

드 기슈 건방진 놈.

드 기슈, 나간다.

록산느 (시라노에게 다가가며) 괜찮아?

시라노 (옆구리를 잡고 주저앉으며) 으아아.

록산느 (놀라며) 다친 거야?

시라노 (짓궂게) 그럴 리가.

록산느 놀랐잖아! 정말 괜찮은 거지? (짧은 사이) 고마워, 시라노.

시라노 안 그래도 언제 한번 혼쭐을 내주려고 벼르던 참이었어.

록산느 근데 어디서 오는 길이야?

시라노 달나라.

록산느 응?

시라노 하루 종일 달나라를 여행하다 왔지.

록산느 (장난스럽게) 어떻게?

시라노 들어볼래? 어젯밤, 파도가 달에 이끌리는 시간에 맞춰 바닷가로 나가 헤엄을 쳤어. 그리고 해변에 드러누웠지. 점점 차오르는 달 쪽으로 머리를 두고. (벤치에 누우며) 이렇게.

마치 물결에 일렁이듯 시라노의 몸이 부드럽게 움직인다.

오 ! 밀랍처럼 창백해진 당신의 얼굴.

우 ! 연기처럼 사라지는 당신의 용기.

아 ! 술꾼처럼 휘청이는 당신의 칼끝.

그리고 이 시간 끝나면, 나는 찌른다.

시라노 얼마나 지났을까. 조수가 나를 끌어당기기 시작해. 머리부터 천천히 움직여. 머리카락이 바닷물에 젖어 있으니까. 난 날아올라. 마치 천사처럼. 그렇게 계속 위로 올라가. 깃털처럼 가볍게, 가볍게. (사이) 아주 멋진 여행이었어.

록산느 다음엔 나도 꼭 데려가.

시라노 (몸을 일으키며) 당장 갈까?

록산느 좋아!

시라노 (자세를 고쳐 앉으며) 우선 네 얘기부터 듣자.

록산느 막상 네 얼굴을 보니까 입이 안 떨어져.

시라노 나는 준비됐어. 자, 어서.

록산느 (숨을 크게 내신 다음) 좋아, 말할게. 하지만 그 전에 확인하고 싶은 게 있어. 지금 내 앞에 있는 너 말이야, 내 기억 속에 존재하는 그 시라노 맞지?

시라노 무섭게 왜 그래…….

록산느 대답해줘.

시라노 맞아. 너의 시라노야. 여름마다 함께 들판을 뛰놀던 네 기억 속의 시라노.

록산느 너는 갈대를 엮어 칼을 만들었고,

시라노 너는 옥수수수염으로 콧수염을 만들어 멍청한 귀족들 흉내를 냈지. 정말 못 말리는 장난꾸러기였어.

록산느 내가?

시라노 한시도 가만있지를 않았으니까. 하루는 나무에 오르다가 손을 다쳐 나한테 뛰어왔잖아.

록산느 (시라노의 손을 잡고) "또 사고를 쳤구나! 어디 봐. 많이 아파?" (시라노의 상처를 발견하고) 피! 아까 다친 거야?

시라노 별거 아냐.

록산느 가만있어봐.

록산느, 자신의 손수건으로 시라노의 손을 감싼다.
시라노가 록산느를 바라본다.
록산느도 시라노를 바라본다.

록산느 시라노.

그때 드 기슈가 다시 무대 위에 등장한다.

록산느 나, 사랑에 빠졌어.

시라노 아!

록산느의 말을 듣고 급히 나무 뒤로 숨는 드 기슈.

록산느 그런데 그 사람은 모를 거야.

시라노 아—.

얼마나 지났을까.
조수가 나를 끌어당기기 시작해.
머리부터 천천히 움직여.
머리카락이 바닷물에 젖어 있으니까.
난 날아올라.
마치 천사처럼.
그렇게 계속 위로 올라가.
깃털처럼 가볍게, 가볍게.

록산느 하지만 그도 날 좋아하고 있는 게 분명해. 눈을 보면 알 수 있거든. 그 맑고 깊은 눈 속에 입이 차마 하지 못하는 말이 잔뜩 고여 있어.

시라노 아?

록산느 그 사람은 젊고 당당해. 그리고 무엇보다…….

시라노 무엇보다?

록산느 잘생겼어.

드 기슈, '혹시 내 얘긴가?' 싶어 록산느의 말에 집중한다.

시라노 (손을 빼내며) 아…….

록산느 왜 그래?

시라노 손이 좀 아파서.

록산느 나 좀 별로다.

시라노 응?

록산느 갑자기 그런 생각이 들어. 나 지금 별로구나.

시라노 (애써 웃으며) 사고뭉치 록산느가 이번엔 제대로 사고를 쳤네? 누군가와 사랑에 빠지다니! 직접 말을 나눠본 적도 없어?

록산느 눈으로 나눴어.

시라노 그럼 얘기 끝났네! 입으로 나눈 말은 귀로 흘러들어 가지만, 눈으로 나눈 말은 가슴으로 흐르지.

록산느 근사해.

시라노 내가……?

록산느 너의 말. 말은 그 사람의 영혼에서 나오는 거래. 그러니 시라노의 영혼도 분명 근사할 거야.

시라노 …….

록산느 있지, 난 그 눈에서 그의 빛나는 영혼을 보고 말았어!

시라노 뭐 하는 사람이야?

록산느 군인이야. 게다가 너랑 같은 중대 소속이고.

드 기슈, '내 얘기구나!' 확신하며 속으로 쾌재를 부른다.

시라노 이름이 뭔데?

록산느 크리스티앙. 크리스티앙 드 뇌빌레트.

나무 뒤에서 뛰쳐나오는 드 기슈.

드 기슈 아니야! 내 이름은 앙트완! 앙트완 드 기슈!

드 기슈의 갑작스러운 등장에 놀란 록산느와 시라노.

드 기슈 (머쓱해서) 두고 간 게 있어서. (시라노를 노려보며) 또 봅시다.

드 기슈, 포대를 둘러메려다가 포기하고 질질 끌고 나간다.

시라노 우리 중대엔 그런 이름 없는데.

록산느 엊그저께 입대했대.

시라노 그런데 록산느, 첫인상만으로 좀 성급하지 않아? 만약 그 친구의 눈 속에서 빛나던 게 영혼이 아니라 서클렌즈라면?

록산느 그럴 리 없어! 크리스티앙은 그 눈에 잘 어울리는 곱슬머리까지 가졌다고. 마치 그리스 신 아폴론 같아.

시라노 양도 곱슬머리야.

록산느 그럼 죽어버릴 거야!

시라노 그러니까 하고 싶었던 말이…….

록산느 부탁이 있어.

시라노 뭘 도와줄까.

록산느 누가 그러는데 네가 있는 중대에는 유독 거친 남자들이 많다며. 적응하기가 쉽지 않다고 하던데.

시라노 텃세를 부리고 괴롭힐 거다?

록산느 응, 너무 걱정돼.

시라노 (방백) 걱정 좀 해야 할 거다. (록산느에게) 내가 볼 땐 걱정 안 해도 될 거 같은데.

록산느 나 진짜 심각하단 말이야. 약속해줘. 시라노가 그 사람을 보호해주겠다고. (시라노의 웃옷 주머니에서 깃털 펜을 꺼내 들며) 너의 이 깃털 펜처럼 소중하게.

사이

시라노 (깃털 펜을 다시 옷 주머니에 꽂으며) 그래. 그럴게. 아폴론일지 양일지는 모르지만, 그놈은 내가 지킨다.

록산느 우린 좋은 친구잖아. 그러니 그 사람의 친구도 되어줘.

시라노 그래, 널 위해서.

록산느 덕분에 기분이 한결 나아졌어.

시라노 나 이제 부대로 돌아가야 해.

록산느 미안해, 시간 빼앗아서.

시라노 조심히 가.

록산느 응.

록산느, 가려다 말고

록산느 참! 크리스티앙도 내게 마음이 있다고 하면 편지를 쓰라고 전해줄래? 나 그 사람의 영혼이 건네는 말을 듣고 싶어.

시라노 네 말대로라면 그 친구 정말 멋진 편지를 쓰겠구나.

록산느가 사라지자 바닥에 털썩 주저앉는 시라노.
그때 철모를 쓰고 판초 우의를 입은 병사1과 병사2가 그 앞을 지나간다.

시라노 뭘 봐?

병사2 잘 못 들었습니다?

시라노 내 코가 우스워?

병사2 아닙니다.

시라노 집합!

병사1과 병사2, 잰 동작으로 시라노 앞에 나란히 선다.

시라노 방금 내 코 보고 웃었잖아.

병사2 아닙니다.

시라노 어? 지금도 웃고 있는데?

병사2 아닙니다.

시라노 아니긴. 입꼬리가 당장이라도 하늘로 날아갈 것 같은데.

병사1 원래 이렇게 생겼습니다.

시라노 코끼리 코 같다고 생각했지?

병사1 아닙니다.

시라노 내 코 위에서 파리가 산책이라도 하냐?

병사1 아닙니다.

시라노 솔직히 말해봐. 괜찮으니까.

병사2 진짜 솔직하게 말해도 됩니까?

병사1, 병사2의 옆구리를 찌른다.

시라노 (입가에 미소를 띠며) 그럼!

병사2 우아, 이런 코는 살다 살다 처음 봤습니다.

병사1, 말없이 엎드려뻗친다.

병사1 죄송합니다.

시라노 아냐, 아냐. 니가 왜. 일어나, 얼른.

병사1, 일어난다.

병사2 잘못했습니다.

시라노 괜찮다니까. (점점 흥분하면서) 근데 표정이 왜 그래? 토할 거 같아?

병사2 아닙니다.

시라노 아, 내 코가 역겹구나?

병사2 사촌기십니까?

병사1, 다시 말없이 엎드려뻗친다.
병사2, 병사1을 보고는 엉거주춤 엎드려뻗친다.

시라노 (객석으로 다가가 자신의 코를 가리키며) 커요, 안 커요? (관객에게 코를 들이밀며) 만져봐요. 괜찮으니까, 자.

관객이 만지면

시라노 어때요?

관객의 반응에 실망스럽다는 듯

시라노 그게 다예요? 이 정도 스케일의 코를 보고 겨우? 국어 시간에 졸았어요? 이 세상에 얼마나 다양한 표현이 존재하는데.

병사1과 병사2, 눈치를 보다가 슬그머니 일어선다.

시라노 이를테면…….

병사1 평서문!

시라노 이것은 코다. (짧은 사이) 인간의 코다.

병사2 감탄문!

시라노 세상에! 코를 풀려면 손수건 대신 침대 시트가 필요하겠군요.

병사1 의문문!

시라노 실례지만 코 한 근에 얼마예요?

병사2 명령문!

시라노 고지가 멀지 않았다. 저 코 정상에 깃발을 꽂아라!

병사1 청유문!

시라노 그 코 좀 살짝 들어주시겠어요? 제가 지나가야 하거든요.

박수를 보내던 병사들, 시라노가 노려보자 잰걸음으로 도망간다.

시라노 마음이 전력 질주 하면 뭐 해. 이 빌어먹을 코가 번번이 10미터는 앞서 나가는데. (한숨) 내 주제에 무슨…….

시라노, 얼굴을 잔뜩 찡그린다.

의문문!

실례지만 코 한 근에 얼마예요?

명령문!

고지가 멀지 않았다. 저 코 정상에 깃발을 꽂아라!

청유문!

그 코 좀 살짝 들어주시겠어요? 제가 지나가야 하거든요.

2장

며칠 뒤 시라노의 중대.
시라노, 칼을 휘두르며 등장한다.
잠시 뒤 크리스티앙이 조용히 들어와 시라노 뒤쪽에 숨는다.

시라노 (객석을 향해) 어제도 드 기슈가 보낸 놈들과 한 판 붙었는데 말이야. 내가 제대로 손 좀 봐줬지. 칠흑같이 어두운 밤이었어. 바로…….

크리스티앙 코앞에서!

시라노 코앞에서! 아니, 눈앞에서! 눈앞에서 갑자기 뭐가 훽 하고 나타난 거야. 그래서 내가…….

크리스티앙 코를.

시라노 코를…… 아니, 주먹을! 주먹을! 그래, 주먹을 날렸지. 바로 놈의…….

크리스티앙 코를 향해.

시라노 코를 향해, 아니, 명치, 명치를 향해! 그런데 비겁하게 수십 명이 떼로 달려드는 거야. 그래서 내가…….

크리스티앙 코를 치켜들고.

시라노 칼! 칼! 칼을 치켜들고! (크리스티앙을 발견하고는 칼을 빼들며) 덤벼.

두 사람, 일정한 간격을 두고 빙빙 돌며 서로를 견제한다.

시라노 못 보던 얼굴인데?

크리스티앙 내 이름은 크리스티앙.

시라노 (깜짝 놀라며) 뭐?

크리스티앙 크리스티앙 드 뇌빌레트.

시라노 알아, 들었다고. 나 귀 안 막혔어.

크리스티앙 코 아니야?

시라노 그래, 코!

크리스티앙 귀 맞아.

본격적으로 결투를 시작하는 두 사람.

시라노 젠장, 정말 잘생겼잖아.

크리스티앙 알아.

크리스티앙, 시라노 눈에 흙을 뿌리며 선제공격한다.

크리스티앙 시라노지? 이 지역에서 꽤 유명하던데?

결투를 이어가며

시라노 너 록산느 알지?

크리스티앙 누구?

시라노 록산느!

크리스티앙 아, 내가 첫눈에 빽 간! 걔가 내 얘길 했구나. 사귀고 싶다고. 콜!

시라노 아, 짜증 나!

결투를 이어가며

크리스티앙 록산느를 잘 알아?

시라노 당연하지. 어렸을 때부터 한동네에서 살았으니까. 친남매나 다름없어.

공격을 멈추는 크리스티앙.

크리스티앙 (악수를 청하며) 잘 부탁한다, 친구야.

시라노 누가 니 친구야.

크리스티앙 형님이라고 부르겠습니다.

시라노 정말 쓸데없이 잘생겼어.

크리스티앙 너도 매력 있어. 특히 그 코.

시라노 (달려들며) 코 얘기 한번만 더 지껄여봐!

크리스티앙 (물러나며) 미안. 사람들이 니 앞에서 코 가지고 놀리면 군 생활 풀릴 거라고 해서.

시라노 대체 이런 놈을 왜!

사이
시라노가 크리스티앙을 뚫어져라 쳐다본다.

시라노 (크리스티앙의 시선을 따라가며) 어딜 보고 있는 거야…….

크리스티앙 너도 반했구나.

시라노 어두워. 캄캄해. 당최 무슨 생각을 하는지 읽을 수가 없어.

크리스티앙 당연하지. 아무 생각도 안 하고 있으니까.

시라노 근데 뭐? 눈 속에서 뭐가 빛나? (한숨) 입은 왜 벌리고 있는 건데!

크리스티앙 습관. 긴장이 풀어지면 나도 모르게 그만. 치명적이지?

너 록산느 알지?

누구?

록산느!

아, 내가 첫눈에 뻑 간? 걔가 내 얘길 했구나. 사귀고 싶다고. 콜!

아, 짜증 나!

시라노 절망적이다.

크리스티앙 도와줄 거지?

시라노 미쳤냐.

크리스티앙 싫으면 관둬라. 나 혼자서도 충분히 공략 가능하니까.

시라노 안 돼! 널 만나면 록산느가 정말 죽어버릴지도 몰라.

크리스티앙 좋아죽겠지.

시라노 시키는 대로 할 수 있어?

크리스티앙 물론.

시라노, 잠시 고민하다가

시라노 사랑은 스스로를 문자라는 감옥에 가둬두길 좋아하지. 그러니까 편지를 써.

크리스티앙 뭐? 펴어어언지?

시라노 보아하니 견적 딱 나온다.

크리스티앙 촌스럽게 요새 누가 편지를 써. 그런 거 쓸 시간에 직접 만나 고백하는 게 훨씬 빠르겠다. (관객 중 한 명을 향해 느끼하게) 내가 너 좋아하면 안 되냐?

시라노 고백할 때 나 꼭 불러라. 요새 통 웃을 일이 없어서.

크리스티앙 (나가려는 시라노를 붙잡고) 보기보다 성질 급하네. (망설이다가) 좋아, 까짓 거 한번 써보지 뭐.

시라노가 크리스티앙에게 펜과 종이를 건넨다.
크리스티앙, 마지못해 받아 들고는 편지를 쓰기 시작한다.
하지만 이내 머리를 쥐어뜯는 크리스티앙.
시라노, 크리스티앙의 편지를 뺏어 소리 내어 읽는다.

시라노 "사랑하는 록산느. 추운 겨울이 지나고 어느덧 만물이 소생하는 봄이……." (코웃음을 치며) 어디서 들은 건 있어서. 하나 묻자. 왜 사람들은 날씨 이야기로 편지를 시작하는 거지? 어? 대체 왜 그러는 건데?

크리스티앙 딱히 할 말이 없으니까.

시라노 그래, 그걸 쓰라고. 할 말이 없다. 왜 할 말이 없나. 할 말을 잃었다. 왜 당신을 생각하면 말문이 막히는지. 니 마음이 하는 말에 귀 기울여 봐. 그 심연을 파고들란 말이야!

크리스티앙 (엄지를 치켜들며) 대박…….

시라노 제발 그 입 좀 다물고……. (짧은 사이) 안 쓸 거야?

크리스티앙, 다시 무언가를 써보려 한다.

크리스티앙 못 쓰겠어. 머릿속이 하얘.

시라노 아깐 내 코 가지고 말만 잘하더만.

크리스티앙 그거랑 같아? 난 마음을 표현하는 법을 배운 적이 없어. 여자들은 내 얼굴만 바라봐도 충분하대.

시라노 얼굴 그렇게 쓸 거면 나 줘.

크리스티앙 혹시 샘플 같은 건 없어?

시라노 진실한 감정을 고백하는 편지에 샘플이 어디 있어! 신이시여, 어쩌자고 이런 놈한테 감당도 못 할 외모를 주셨나이까. 그리고 또 왜 제겐…….

크리스티앙 좋은 수가 없을까?

시라노, 이리저리 왔다 갔다 하며 무언가를 골똘히 생각하다가

시라노 (방백) 그래, 그런 방법이 있었어! 매일 밤 갈 길 잃고 헤매던 내 편지들이 드디어 주인을 찾아 날아가겠구나. (크리스티앙에게) 크리스티앙, 잘 들어. 내가 너한테 내면을 빌려줄게. 넌 그 외모를 빌려줘. 합체하자, 우리.

크리스티앙 뭐?

시라노 내가 너의 멀쩡한 허우대에 어울리는 영혼을 넣어주겠다고. 그 아름다운 입술 안으로 그보다 더 아름다운 언어를 집어넣어주겠다는 말이야. 난 너의 재치가, 넌 나의 아름다움이 되

는 거야. 어때? 세상 그 어떤 로맨스의 주인공도 부럽지 않을 거다.

크리스티앙 대박!

시라노, 웃옷 주머니에서 깃털 펜을 꺼내 편지를 쓰기 시작한다.

시라노 (편지 한 장을 써서 건네며) 떨림!

크리스티앙, 건네받은 편지를 꽃송이처럼 뭉쳐서 나무에 매단다.
꽃나무가 조금 환해진다.

시라노 (다시 편지 한 장을 써서 건네며) 그리움!

크리스티앙, 건네받은 편지를 꽃송이처럼 뭉쳐서 나무에 매단다.
꽃나무가 조금 더 환해진다.

시라노 (다시 편지 한 장을 써서 건네며) 질투!

크리스티앙, 건네받은 편지를 꽃송이처럼 뭉쳐서 나무에 매단다.
꽃나무가 조금 더 환해진다.

시라노 (다시 편지 한 장을 써서 건네며) 고통!

크리스티앙, 건네받은 편지를 꽃송이처럼 뭉쳐서 나무에 매단다.

꽃나무가 조금 더 환해진다.

시라노 (다시 편지 한 장을 써서 건네며) 환희!

크리스티앙, 건네받은 편지를 꽃송이처럼 뭉쳐서 나무에 매단다.
꽃나무가 눈부시게 빛난다.
황홀한 표정으로 꽃나무를 바라보는 시라노와 크리스티앙.

시간의 흐름을 알리는 조명과 음악.
한밤, 록산느의 집.
이층 창을 열고 록산느가 등장한다.
록산느, 팔을 뻗어 꽃나무에서 편지 하나를 딴다.

록산느 "나는 이미 당신 손 안에 있습니다. 하얀 종이는 나의 목소리, 검은 잉크는 나의 피. 당신께 보내는 이 편지는 바로 나입니다."

록산느, 설레는 표정으로 편지 하나를 더 따서 펼친다.

록산느 "참 이상한 일입니다. 당신에게 마음을 빼앗길수록 내 마음은 점점 더 커져만 가니."

다른 편지.

록산느 "내 마음, 당신이 빼앗아 갔으니 당신 마음이라도 보내주세요. 괴로워하려면 내게도 마음이란 게 필요하니까."

또 다른 편지.

록산느 "사랑하는 이여, 날카로운 키스처럼 나의 펜이 종이 위를 스칩니다. 그러니 아름다운 이여, 이 편지를 부디 당신 입술로 읽어주세요."

록산느, 감격스러운 몸짓으로 편지들을 품에 안는다.

록산느 아, 크리스티앙.

그런 록산느의 모습을 멀찍이서 지켜보는 시라노와 크리스티앙.

크리스티앙 당장 그녀에게 가겠어!

시라노 (크리스티앙을 잡으며) 미쳤어?

크리스티앙 일생일대의 기회라고!

시라노 기회?

크리스티앙 지금 작업 들어가면 백발백중. 오늘 밤 안으로 진도 쭉 뺀다.

시라노 지…… 진도? 이 자식이 지금 무슨 생각을 하는 거야!

크리스티앙 봐, 좋아죽잖아. 자신감이 마구 솟아나. 있지,

나 잘할 수 있을 거 같아. 고맙다, 친구. 이 은혜는 잊지 않을게. (큰 소리로) 록산느!

크리스티앙, 록산느에게 달려간다.

록산느 (아래를 내려다보며) 크리스티앙!

크리스티앙 (위를 올려다보며) 사랑해요. 사랑해요, 록산느.

록산느 내 귓속으로 사랑의 밀어를 흘려보내주세요.

크리스티앙 사랑합니다.

록산느 그건 너무 직접적이잖아요. 차가운 박제 같아요. 거기에 뜨거운 숨을 불어 넣어보세요.

크리스티앙 당신을…….

록산느 당신을……?

크리스티앙 완전 사랑해요.

록산느 주제는 파악했다니까 그러네. 그 누추한 몸에 은유와 상징의 옷을 입혀요.

크리스티앙 은유 뭐요? 음…… 그러니까…… 당신도 날 사랑하나요?

록산느 아이 러브 유, 두 유 러브 미?

크리스티앙 오케이!

록산느 왜? Ich liebe Dich, ti amo, あいしてる, 아예 전 세계로 뻗어 나가시지?

크리스티앙 (안절부절못하며) 미안해요. 하지만 내 마음만은 완전 진심이에요.

록산느 사랑에 빠지면 애가 된다더니 퇴행 현상 왔어요? 그래도 이건 너무하잖아. 대체 이 편지들의 주인공은 어디 간 거죠?

크리스티앙 (머리를 쥐어뜯으며) 난 당신을 사랑하지 않아!

록산느 (기대에 차서) 오, 반어법! 그럼요?

크리스티앙 사모하지.

록산느 아이고, 그러세요?

크리스티앙 미안하다, 사랑한다.

록산느 얼씨구.

크리스티앙, 급한 마음에 사다리를 타고 반쯤 올라간다.

크리스티앙 내 뜨거운 가슴과…… 당신의 뜨거운 가슴이…… (록산느 쪽으로 손을 뻗으며) 서로 인사할까요?

록산느 (크리스티앙의 손을 때리며) 이건 아니잖아!

멀리서 그 모습을 지켜보던 시라노가 나무 아래로 다가간다.
사다리에서 내려오는 크리스티앙.

시라노 스펙터클하다.

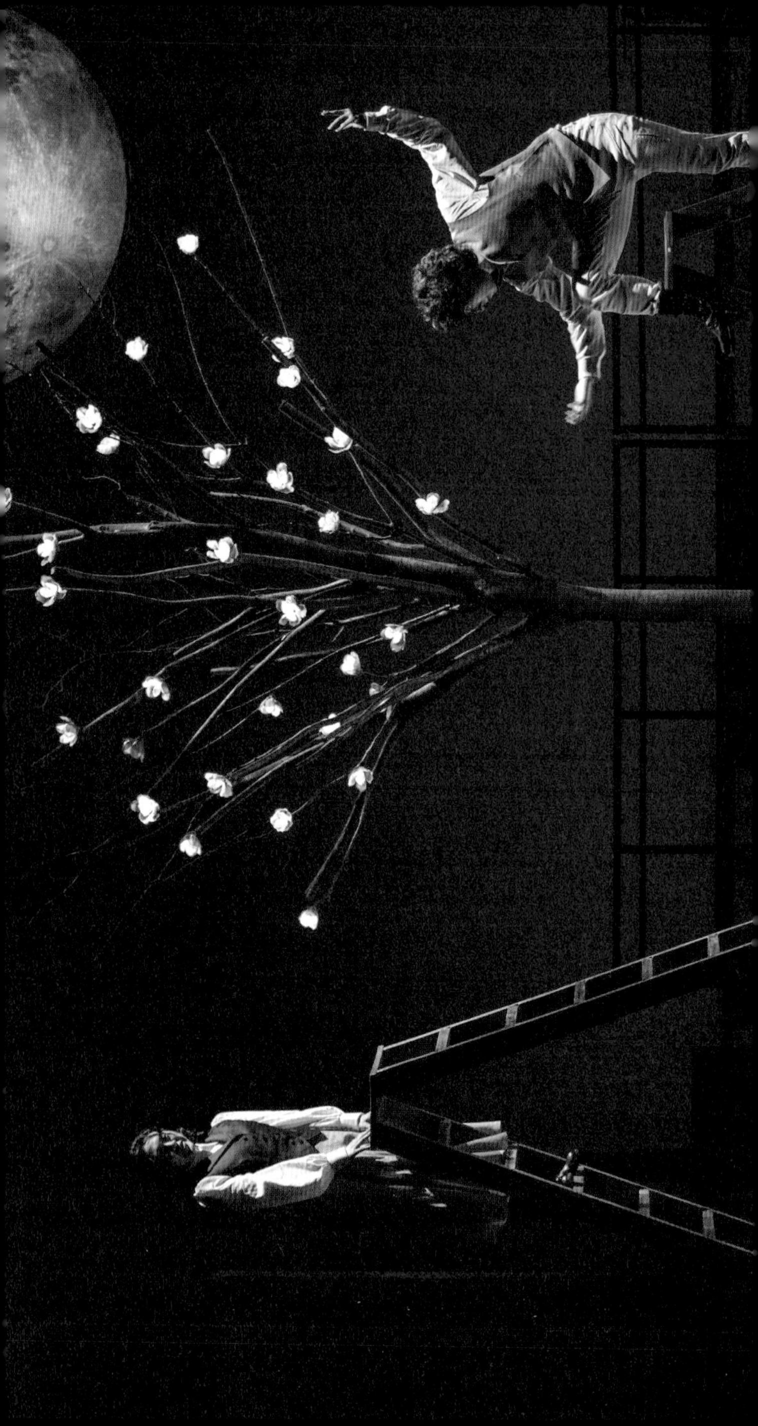

사랑해요. 사랑해요, 록산느.

내 귓속으로 사랑의 밀어를 흘려보내주세요.

사랑합니다.

그건 너무 직접적이잖아요. 차가운 박제 같아요.
거기에 뜨거운 숨을 불어 넣어보세요.

당신을…….

당신을……?

완전 사랑해요.

크리스티앙 도와주라.

시라노 싫어.

크리스티앙 도와준다며.

시라노 자신 있다며.

크리스티앙 제발! 안 그러면 죽어버릴 거야.

시라노 내가 그렇게 만만해? 왜 다들 내 앞에서 죽겠다는 거야.

크리스티앙 록산느를 친남매처럼 아낀다며. 내가 콱 죽어서 그녀가 슬픔에 빠진다면 그건 순전히 니 탓이야.

시라노 아이고, 무서워라.

크리스티앙 좋아, 두고 보라고. (큰 소리로) 지금 당장 죽을 거야!

시라노 조용히 좀 해!

고민하는 시라노.
크리스티앙, 결심한 듯 다시 사다리를 타고 오른다.

크리스티앙 록산느! 록산느!

시라노, 나무 뒤로 급히 몸을 숨긴다.

시라노 (작은 목소리로) 야, 준비할 시간은 줘야지.

록산느 이 야밤에 무슨 소란이에요. 아예 막 나가기로 했어요?

크리스티앙 나 할 말 있어요.

시라노는 나무 뒤에 숨어서, 크리스티앙은 사다리 중간에서

시라노 (여전히 작은 목소리로) 너무 커. 들릴 듯 말 듯하게.

록산느 생각할 시간을 줘요. 당신은 날 사랑하는 것 같지 않아요.

시라노 당신이 틀렸어요.

크리스티앙 (아래를 보며) 응? 뭐라고? (시라노가 일러주는 말을 따라 하며) 당신이 틀렸어요. 내가 당신을 사랑하지 않는다고요? (시라노에게) 안 들려. 좀만 크게. (록산느에게) 하하하! 하루하루…… 커져만 가는…… 내 사랑은 오직 신만이 아십니다.

록산느 다시 돌아온 거예요?

크리스티앙 내 사랑은 너무나 거대합니다. 도저히…… 심장 속에 담아둘 수 없을 만큼.

록산느 멋져요! 근데 왜 그렇게 더듬어요?

시라노 좆됐다.

크리스티앙 좆됐어요.

록산느 네?

크리스티앙 (크게 당황하며) 아니, 그게 그러니까…….

시라노 (크리스티앙의 목소리를 흉내 내며) 깊은 어둠 속을 더듬으며 당신 귀에 다다르는 길을 찾아야 하니까요.

록산느 내 말도 그렇게 이상하게 들리나요?

시라노 전혀! 왜냐하면 나는 가슴으로 당신의 말을 맞이하니까요. 당신 귀는 작지만 내 가슴은 크다오. 게다가 당신의 말들은 위에서 아래로 내려오지만, 내 말들은 아래에서 위로 올라가야 하니까요. 상승은 더디지만 추락은 빠른 법!

록산느 당장 내려가겠어요!

시라노 안 돼!

록산느 좀 더 가까이 와요. 얼굴 보면서 얘기하고 싶어. 내 존재가 당신의 세계로 들어가길 간절히 원하고 있어요.

시라노 그건 안 돼요, 록산느.

록산느 왜요?

시라노 이 순간을 조금만 더 즐깁시다. 은밀하고 고요한 이 어둠의 순간을.

록산느 얼굴을 보지 않고요?

시라노 얼마나 멋진 일이에요! 당신이 보는 것은 밤의 망토이지만, 나는 한낮의 환한 드레스를 봅니다. 당신 앞에 선 나는 오직 어둠이고, 내 앞에 선 당신은 오직 빛입니다.

록산느 근데 목소리가…… 마치 다른 사람 같아요.

시라노 네, 당신 때문에 다른 사람이 되었습니다! 밤의 망토를 두른 지금에야 나는 진짜 내가 되었죠. 이제 말할 수 있습니다. 당신을 사랑합니다. 미칠 듯이 사랑합니다. 당신에 대한 사소한 것 하나까지 기억합니다. 작년 5월 28일, 당신이 머리모양을 바꾼 것을 기억합니다. 당신의 아름다운 머리카락이 내 눈을 멀게 했습니다. 당신을 너무 오래 바라본 모양입니다. 그 뒤로 내 눈앞에 펼쳐진 세계는 온통 비단으로 얽힌 미로가 되어버렸습니다!

록산느 잠깐!

시라노 네?

록산느 우리가 작년 5월 28일에 만났던가요?

시라노 (당황해서) 아, 그건……. 시라노! 그래요, 시라노가 얘기해주었어요. 그 말을 들으며 당신의 모습을 상상했지요. 하루에도 몇 번씩. 그러니 마치 우리가 아주 오래전부터 알고 지낸 사이 같은 착각이 들어요.

록산느 (떨리는 목소리로) 네, 바로 그게 진정한 사랑이에요.

시라노 아, 이 밤은 하늘이 주신 선물입니다. 너무나 소중해서 끝나지 않았으면 좋겠습니다. 내가 당신에게 고백하다니! 당신이 내 고백을 듣다니! 나와 당신이! 우리가! 차마 바랄 수조차 없었던 일. 이제는 죽는 일만 남았습니다. 아, 이 생각이 당신을 슬픔에 잠긴 사람처럼 떨게 하나요? 정말 떨고 있군요. 바람에 흔들리는 나뭇잎처럼. 내가 서 있는 곳에서도 나뭇가지를 흔들리게 하는 당신 손의 가느다란 떨림을 느낄 수 있습니다.

록산느 네, 떨고 있어요. 울고 있어요. 당신을 사랑해요. 당신의 말들이 바람이 되어 나를 낯선 곳으로 훌쩍 데리고 갔어요.

시라노 이제 내가 원하는 건 오직 하나.

록산느 그게 뭐죠?

크리스티앙 키스!

시라노 이 자식이!

록산느 네?

크리스티앙 뜨거운 키스를 원해요.

시라노 닥쳐.

록산느 뜨거운…… 뭐요?

시라노 그러니까…… 내 말은……. (크리스티앙에게) 제발 나대지 좀 마! 산통 깨고 싶어? 록산느를 실망시키고 싶냐고.

크리스티앙 록산느도 원해.

시라노 정말 뭣도 모르는 게.

록산느 크리스티앙?

시라노 록산느, 잘 들어요. 내가 아무리 원하더라도 이 키스를 절대 허락하지 마세요.

크리스티앙 아, 왜!

시라노 입 닥쳐, 크리스티앙.

록산느 뭐라고요?

시라노 아, 아무것도 아니에요. 그냥 당신의 입술을 바라는 나 자신한테 화가 나서, 그래서 스스로를 꾸짖었어요. "입 닥쳐, 크리스티앙."

록산느 귀여운 사람.

크리스티앙 내 키스!

록산느 키스 얘기 좀 그만하면 안 돼요?

시라노 키스! 세상에서 가장 값비싼 보석. 당신의 입술이 그 단어를 내뱉게 하세요. 그런데 조심해요. 세상에서 가장 뜨거운 단어라 화상을 입을 수도 있으니까.

록산느 당신도 조심해요. 그 잘생긴 얼굴에 화상이라니, 안 될 일이죠.

시라노 (꿈에서 깨어난 듯) 아…… 그렇죠. (얼굴을 매만지며) 잠시 그걸 잊고 있었네요.

록산느 좋아요. 대신 딱 한 번이에요.

시라노 (힘없이) 올라가.

록산느 어서 와요. 준비됐어요.

네, 떨고 있어요.

울고 있어요.

당신을 사랑해요.

당신의 말들이 바람이 되어

나를 낯선 곳으로 훌쩍 데리고 갔어요.

시라노 올라가라고!

록산느 (이리저리 자세를 고쳐 잡으며) 각이 영 안 나오나? 내가 내려갈까요?

시라노 올라가, 이 자식아!

록산느 이런 밀당 너무 좋아. 지금 날 미치게 하고 싶은 건가요?

크리스티앙 (사다리를 마저 오르며) 록산느!

키스하는 두 사람.
그때 드 기슈가 들어온다.

시라노 (다급하게) 드 기슈야!

크리스티앙이 사다리에서 급하게 내려온다.
황급히 나무 뒤로 숨는 시라노와 크리스티앙.
록산느도 사라진 크리스티앙을 찾으러 아래로 내려온다.

드 기슈 록산느!

록산느 이 밤에 어쩐 일이세요?

드 기슈 작별 인사를 하러 왔습니다.

록산느 작별 인사라뇨?

드 기슈 저는 오늘 밤 전쟁터로 떠납니다. 드디어 출정 명령이 떨어졌어요.

록산느 (애써 슬픈 표정을 지으며) 부디 무사하길 바랄게요.

드 기슈 목소리에서 슬픔이 뚝뚝 떨어지네요.

록산느 네, 마지막이니까.

드 기슈 당신을 다시 만날 수 있을까?

록산느 우리가 정말 인연이라면요.

드 기슈 당신과의 이별은 한없이 슬프지만 시라노에게 복수를 할 수 있게 된 걸로 위안을 삼기로 했습니다.

록산느 네?

드 기슈 제대로 꼬인 거죠.

록산느 그 중대도 전쟁에 나가나요?

드 기슈 내가 지휘합니다. 그래서 최전방으로 배치해 두었죠.

록산느 (방백) 크리스티앙! (드 기슈에게) 안 돼요!

드 기슈 뭐가요?

록산느 이제 막 마음에 들인 사람을 전쟁터로 보낼 수 없다고요.

드 기슈 그러니까 그게…….

록산느 앙트완! 당신!

사이

드 기슈 세상에! 내 이름을 불러주다니. 당신이 처음으로 내 이름을 불렀어!

록산느 앙트완, 내 말 잘 들어요.

드 기슈 드디어 내게 마음의 문을 열었군요.

록산느 앙트완, 시라노에게 제대로 된 복수를 하고 싶으신가요?

드 기슈 물론!

록산느 앙트완, 그렇다면 방법이 틀렸어요. 전 그 사람의 아킬레스건을 잘 알아요.

드 기슈 오! 그게 뭐죠?

록산느 자존심. 시라노의 자존심을 짓밟아요! 그가 속한 분대를 남겨놓고 떠나세요. 다른 군인들이 나라를 위해 용감하게 싸우는 동안 여기 남아 발만 동동거리며 기다리라고. 시라노는 자존심 빼면 시체예요. 그를 시체로 만들어버려요.

드 기슈 와, 어떻게 그런 앙큼한 생각을. 역시 여자란 믿을 게 못 되……. 아, 물론 칭찬입니다.

록산느 그는 분명 괴로워할 거예요. 그럴수록 복수는 더욱 달콤해지는 거죠.

드 기슈 날 위해 그런 제안을! 사랑의 증거로 받아들여도 될까요?

록산느 좋으실 대로.

드 기슈 당장 가서 조정하겠습니다.

록산느 어서요!

드 기슈 그런데 록산느, 차마 발길이 떨어지지 않아요. 오랜 기다림 끝에 이제야 당신의 마음을 확인했는데.

록산느 시간이 없어요!

드 기슈 나와 결혼하겠다고 약속해주겠어요?

록산느 물론. 당신이 복수에 성공해서 돌아온다면.

드 기슈 약속의 증표로 당신과 키스하고 싶어요.

록산느 오늘 제 입술이 참 바쁘네요.

드 기슈 네?

록산느 드 기슈, 아니 앙트완. 키스는 그 뒤에 해도 늦지 않아요. 대신 성공을 축하하는 키스도 해드릴게요.

드 기슈 두 번이나!

록산느 뭐든 처음이 어렵죠. 두 번이 세 번 되고 세 번이 네 번 되는 건…….

드 기슈 당장 다녀올게요!

드 기슈, 달려 나간다.
크리스티앙, 나무 뒤에서 나온다.
시라노는 여전히 나무 뒤에 숨어 있다.

크리스티앙 대단해요. 그 짧은 순간에 어떻게 그런 생각을.

록산느 다 잘될 거예요. 나만 믿어요. 당신을 절대 전쟁터로 보내지 않을 테니.

크리스티앙 록산느, 당신 정말 짱이야.

록산느 더 근사한 말을 기대했지만, 오늘은 그 정도로 만족할게요. 그나저나 우리 하다 만 게 있는 것 같은데.

크리스티앙 아!

다시 키스하는 록산느와 크리스티앙.

록산느 이로써 우리는 죽음까지 함께할 사이가 되었어요. 저 달이 증인이에요.

크리스티앙 또 있어요, 증인. 확실한 증인.

록산느 (주위를 둘러보며) 네?

크리스티앙 우리 한 번 더 할까요?

록산느 뭐든 한 번이 어려운 거야.

크리스티앙을 끌어당겨 입을 맞추는 록산느.
시라노, 나무 뒤에서 두 사람을 바라본다.
달이 조금씩 구름에 가려지다가 이내 사라진다.

시라노 나도 약간 느껴져. 널 받아들이는 내 가슴의 떨림이. 지금 네가 입 맞추는 그것은 내 입술에서 나온 말들이니까. 근데 왜 이렇게 마음이 시린 거지.

그때 드 기슈가 다시 등장한다.

드 기슈 록산느, 아무리 생각해도 키스는 하고 가는 게…….

황급히 떨어지는 록산느와 크리스티앙.

록산느 그러니까 그게…….

드 기슈 어쩐지 너무 달콤하더라니.

록산느 미안해요.

드 기슈 천만에. 미안한 건 오히려 납니다. 타이밍이 영 좋지 않군요. (종이를 꺼내며) 출정명령서. 당신의 연인 크리스티앙은 시라노와 함께 최전방에 배치되있음을 알리는 바입니다. 크리스티앙, 동이 트기 전에 출발하려면 어서 돌아가 짐을 꾸리는 게 좋을 텐데.

록산느 안 돼요! 정말 이 사람을 전쟁터로 보내려는 건 아니죠?

드 기슈 군인이 전쟁터 나가는 건 당연하죠. 그게 싫다면 지옥으로 가든가. (크리스티앙에게) 그럼 잠시 뒤에 보시. 시라노 손 꼭 붙잡고 오도록.

나도 약간 느껴져. 널 받아들이는 내 가슴의 떨림이.
지금 네가 입 맞추는 그것은 내 입술에서 나온 말들이니까.

드 기슈, 나간다.

크리스티앙 아, 록산느!

록산느 도망가요, 우리.

크리스티앙 그럴 수 없어요. 나는 군인이고, 이건 명령이니까. 너무 걱정 마요. 우린 달에게 영원을 맹세한 사이잖아요.

포옹하는 두 사람.
출정 준비를 알리는 북소리가 울린다.
머뭇거리다가 달려 나가는 크리스티앙.
록산느, 무너지듯 자리에 주저앉는다.
시라노, 그 모습을 지켜보다가 록산느 앞으로 나온다.

록산느 시라노! 작별 인사를 하러 왔구나. 넌 무사할 거야. 걱정 안 해. 신은 늘 네 편이었으니까.

시라노 (록산느를 일으키며) 그래.

록산느 너의 행운을 크리스티앙에게도 나눠줘. 그를 지켜줘.

시라노 그래.

록산느 추위에 떨게 하지 않겠다고 약속해.

시라노 노력할게.

록산느 배고픔에 쓰러지게 하지 않겠다고 약속해.

시라노 최선을 다할게.

록산느 내가 끝까지 그를 기다릴 수 있도록 나한테 편지 자주 하게 해줘.

시라노 그건 확실히 약속해.

점점 커지는 북소리.
각자 다른 방향으로 헤어지는 두 사람.

시간의 흐름을 알리는 조명의 변화.
한겨울의 전쟁터.
크리스티앙이 등장해 무대 가운데에 선다.

크리스티앙 (큰 소리로) 시라노!

시라노, 등장한다.
시라노와 크리스티앙이 총을 주고받는다.
무대 전환과 함께 긴박한 전쟁 장면이 펼쳐진다.
두 사람은 장난감 병정 같은 표정과 움직임으로 진지를 구축한다.
잠시 뒤 드 기슈가 등장한다.

드 기슈 전군, 돌격 앞으로!

총성과 대포 소리.

드 기슈 용맹한 제군들이여. 상황이 점점 더 나빠지고 있다. 적의 군대가 우리의 숨통을 조여오고 있다. 게다가 비상식량까지 바닥을 드러냈다. 쥐새끼들까지 허기를 참지 못해 이곳을 떠나고 있는 상황이다.

총성과 대포 소리.

드 기슈 오늘 연대가 보급품을 조달하기 위해 진군에 나설 것이다. (사이) 하지만 시라노 중대는 이 곳에 남아 적으로부터 진지를 지켜야 한다. 그러니 시라노와 그의 중대는 들어라. 내일의 명령을 전달한다. 목숨을 바쳐 수단과 방법 가리지 말고 이곳을 사수하라. 이상.

시라노 이게 당신이 말한 복수입니까?

드 기슈 복수? 천만에. 물론 내가 널 좀 싫어하긴 하지. 하지만 이건 전략적 판단에 따른 지휘관의 결정이다. 너에겐 적을 죽여야 하는 임무도 있지만 날 위해 죽어야 할 임무도 있어. 무슨 말인지 알겠나?

폭탄 터지는 소리.
세 사람, 각자의 자리에서 몸을 피한다.

3장

전쟁터.
어둠 속에서 다급한 군홧발 소리가 들린다.
여기저기 커졌다가 꺼졌다가를 반복하는 불빛들.
잠시 뒤 무대 밝아지면 시라노와 크리스티앙이 매복해 있다.

크리스티앙 시라노, 얘기 들었어? 옆 중대 어느 놈은 배가 너무 고파서 지 군화를 삶아 먹었대. 그 질긴 게 씹히기나 할까. 소가죽으로 만들었으니 소고기 맛이 나긴 할 거야, 그치?

시라노 배 많이 고파?

크리스티앙 걱정 마. 네 군화는 안 건드릴 테니까.

시라노 (주머니에서 빵 하나를 꺼내 건네며) 먹어.

크리스티앙 어디서 났어?

시라노 얼른 먹기나 해.

크리스티앙 (먹으려다가 반을 잘라 건네며) 같이 먹자.

시라노 설마 내 배도 안 채우고 널 줄 거라 생각해? 날 뭐로 보고.

크리스티앙 잘 먹을게.

크리스티앙, 시라노를 힐끔 보고는 등을 돌려 허겁지겁 빵을 먹는다.
시라노, 수첩에 무언가를 쓴다.

크리스티앙 (빵을 우걱우걱 씹으며) 하루에도 수십 번, 아니 수백 번 록산느를 생각해. 나 정말 사랑하나 봐. 이런 감정 처음이라 좀 당황스러워. (짧은 사이) 근데 살아 돌아가서 록산느를 만난다고 해도 걱정이다. 도서관만 드나들어도 모자를 판에 전쟁터라니. 여기서 배우는 거라곤 졸음과 추위, 배고픔과 싸우는 방법뿐인데.

시라노, 크리스티앙을 바라본다.

크리스티앙 걱정 마. 이런 잡생각들도 몇 시간만 지나면 거짓말처럼 사라져버릴 테니. (빈손을 보고) 진짜 사라져버렸네……. 괜히 먹었나 봐. 먹으니깐 더 배고파. (군화를 만지며) 질길까? 질기겠지? (이상한 기운을 감지하고) 시라노?

폭탄 터지는 소리.

시라노와 크리스티앙, 낮은 자세로 흩어진다.

시간의 흐름을 알리는 조명의 변화.
시라노가 편지를 쓰고 그것을 록산느에게 부치기 위해 전쟁터와 마을을 오가는 여정이 펼쳐진다.
어두운 밤, 마을에서 막 돌아온 시라노와 불침번을 서던 크리스티앙이 마주친다.

크리스티앙 (총을 겨눈 채) 누구냐?

시라노 나야.

크리스티앙 움직이면 쏜다!

시라노 나라고, 크리스티앙.

크리스티앙 시라노?

시라노, 크리스티앙에게 다가간다.

크리스티앙 이 시간에 어딜 갔다 오는 거야?

시라노 못 본 척해줘.

크리스티앙 말이 돼? 우린 전쟁 중이야. (사이) 설마 혼자 도망치려던 거야?

시라노 부탁이야, 크리스티앙.

크리스티앙 사실대로 말하지 않으면 상부에 보고할 수밖에 없어.

주저하는 시라노.

크리스티앙 시라노.

시라노 편지를 부치느라.

크리스티앙 편지? 대체 얼마나 다급한 내용이길래. 잘못 하면 상대방이 네 부고 편지를 먼저 받을 수도 있다고.

사이

크리스티앙 누구한테?

시라노 록산느. 록산느에게 보내는 편지를 부치러 나간 거였어.

크리스티앙 말도 안 돼!

시라노 경계가 삼엄해서 결국 실패했어. 평소 같으면 저 산을 넘고도 남았을 텐데.

크리스티앙 우린 지금 완전히 포위당한 상태라고! 미친놈. 배가 고파서 정신이 어떻게 된 거 아냐?

시라노 널 위해서야.

크리스티앙 난 그런 부탁 한 적 없어.

시라노 그래, 미안하다. 내가 주제넘게 굴었네.

사이

크리스티앙 이젠 편지 쓰지 마. 내가 알아서 할게. 언제까지 네 뒤에 숨어 있을 순 없잖아.

시라노 그래…….

크리스티앙 편지 이리 줘봐.

시라노, 망설이다 편지를 건넨다.

크리스티앙 (편지를 읽다가) 이건 뭐야?

시라노 뭐?

크리스티앙 마지막 인사말 위로 번진 이 둥근 자국 말이야.

크리스티앙, 편지에 불빛을 가까이 가져간다.

크리스티앙 눈물 자국……?

시라노 (당황하며) 원래 시인이란 인간들이 좀 그래. 자기 글에 도취되곤 하지. 마법에 걸린 것처럼. 내가 생각해도 너무 잘 쓴 거 있지. 그래서 나도 모르게 그만.

크리스티앙 눈물까지 흘렸다?

그때 무대 한쪽에 록산느가 등장한다.
록산느, 시라노의 편지를 읽는다.

록산느 "이곳은 거대한 허기로 이루어진 세계. 날아오던 총알도 배가 고파서 속도를 늦추는 곳."

시라노 사실 허기나 죽음 따윈 두렵지 않아.

록산느 "부끄럽지만 잠에서 깨면 당신 얼굴보다 빵과 고기가 먼저 떠오를 때도 있습니다. 하지만 록산느……."

시라노 내가 진짜 두려운 건…… 더 이상 그녀를 볼 수 없다고 생각하면…….

록산느 "더 이상 당신을 볼 수 없다고 생각하면……."

시라노 내가 록산느를, (크리스티앙을 보고) 아니 우리가 록산느를, (머리를 흔들며) 아니, 아니, 네가 록산느를…….

크리스티앙 (여러 감정에 휩싸여) 추워……, 배고파……, 무서워……. (사이, 절규하듯) 보고 싶어…….

폭탄 터지는 소리.

록산느 크리스티앙!

록산느, 무언가 결심한 듯 머리를 질끈 묶는다.
두꺼운 외투를 걸친 다음 신발 끈을 동여맨다.

록산느 뱅상, 빵과 육포를 챙겨줘!

뱅상, 록산느의 배낭을 가지고 나온다.

뱅상 바짝 말린 것들로 꾹꾹 눌러 담긴 했는데, 그래도 꽤 무거워.

록산느 (배낭을 메고 무게를 가늠한 뒤 웃으며) 해볼 만한데?

뱅상 정말 괜찮겠어? 거긴 네 상상보다 훨씬 더 끔찍한 곳일 거야. 물론 걱정은 안 해. 록산느 넌 내가 아는 사람 중 가장 용감하니까.

록산느 내 선택을 믿어줘서 고마워.

록산느와 뱅상, 포옹한다.

뱅상 밖에 말을 준비해놨어. 나가서 기다릴게.

벵상, 나간다.
잠시 뒤 세실이 뛰어 들어온다.

세실 록산느!

록산느 세실!

세실, 록산느를 와락 껴안는다.

세실 아무 데도 다치지 마. 아무것도 잃어버리지 마. 알았지?

록산느 그럴게. 다치지 않을게. 잃어버리지 않을게.

세실, 주변을 살피더니 록산느에게 헝겊에 싼 물건 하나를 건넨다.

세실 어렵게 구했어.

록산느 (내용물을 확인하고) 총……?

세실 널 지키는 데 도움이 될 거야. 단 한 발도 쓰지 않고 가져오길 기도할게.

록산느 고마워, 세실.

세실, 나간다.
록산느, 손에 쥔 총을 가만히 내려다본다.
말 울음소리.

록산느 (총을 허리춤에 찔러 넣고) 가자!

출발.
긴박한 음악과 함께 록산느의 길고 험난한 여정이 펼쳐진다.

산의 초입.
산짐승들의 날카로운 울음소리가 점점 가까이 다가온다.
하늘을 향해 총을 쏜 뒤 온 힘을 다해 도망치는 록산느.

산의 중턱.
록산느가 쌓여 있는 시체 더미 사이를 지난다.
아직 살아 있는 병사 하나가 팔을 뻗어 록산느의 발목을 잡는다.
놀란 록산느가 경사로에서 굴러떨어진다.
록산느, 언덕을 지나고 계곡을 건넌다.

소리 손 들어!

록산느 (양팔을 들고) 난 지금 달빛 아래서 영원을 맹세한 연인을 만나러 가는 길이에요. 만약 날 쏘려거든 얼굴만은 피해주세요. 그와 눈을 맞추고 마지막 인사는 나눠야 하니까!

소리 기세가 대단하네! 통과!

록산느 (빵과 육포를 던져주며) 맘 같아선 더 드리고 싶지만 저 산 너머에도 당신 같은 배고픈 청춘들이 많답니다. (성호를 그으며) 부디 신의 가호가 있기를!

록산느, 한참을 달리다가 여러 장애물과 맞닥뜨린다.

산의 꼭대기.
목적지에 다다를 무렵, 어디선가 인기척이 들린다.
록산느, 반사적으로 총을 꺼낸다.
무대 한구석에 아기를 품에 안은 여인이 숨어 있다.

록산느 (총을 넣고 여인에게 다가가며) 괜찮아요?

겁을 먹은 여인이 등을 돌린 채 몸을 잔뜩 웅크린다.

록산느 겁먹지 말아요. 나도 당신처럼 혼자예요. (여인 품의 아기가 울자) 아, 당신은 혼자가 아니군요.

록산느, 조심스럽게 여인에게 다가간다.

록산느 (강보에 싸인 아기를 보고) 세상에! 이런 갓난아기를 데리고 왜 여기까지 올라온 거예요?

록산느, 여인 옆에 앉아 가방에서 빵을 꺼낸다.

록산느 (빵을 건네며) 먹어요. 딱딱할 거예요. 그러니까 꼭꼭 씹어 먹어요.

여인, 잠시 경계하다가 빼앗듯 빵을 가져가서는 허겁지겁 먹는다.
록산느가 양손을 내밀자 여인이 아기를 안은 팔에서 힘을 뺀다.
록산느, 아기를 조심스럽게 받아 안는다.

록산느 울지 마, 아가. 괜찮아, 괜찮아. 너도 배가 고프구나.

록산느, 물병을 꺼내 아기 입으로 물을 조금씩 흘려보낸다.
아기의 울음소리가 잦아든다.

록산느 (여인에게 물병을 건네며) 어쩌다 여기까지……. (아기를 어르다가 문득) 혹시 아기 아빠가 군인인가요? (짧은 사이) 설마 남편을 찾으려고 이 산을 헤매고 다니는 거예요?

여인 (적국의 언어로) 내 아기야, 이리 줘!

사이

여인, 아기를 가로채듯 데려간다.
록산느, 말없이 여인과 아기를 바라본다.

록산느 (동작을 크게 하며) 여긴 아주 위험해요. 우리…… 아니, 적의 진지가 이 근처에 있을 거예요. 그러니 왔던 길로 다시 내려가요. 더 올라가면 안 돼요. 내 말 알아들어요?

여인, 여전히 경계를 풀지 않고 등을 돌린 채 앉아 있다.
록산느, 가방에서 먹을거리를 더 꺼내 여인의 보따리에 쑤셔넣는다.
그러고는 잠시 망설이다 여인에게 총을 건넨다.

록산느 딱 한 발 남았어요. 내려가다 혹시라도 산짐승을 만나면 따돌리는 데 도움이 될 거예요. 위험한 순간이 오면 써요. 물론 그럴 일이 없길 바라지만. (여인이 뒤로 물러나자) 총 쏘는 법 알아요? (여인의 손에 총을 쥐여주며) 여길 이렇게 돌리고…… 방아쇠를 힘껏 당겨요. 네, 맞아요, 그렇게. (여인에게 보따리를 안기며) 자, 얼른 여길 떠나요. 얼른.

여인, 주춤거리다가 아기를 안고 사라진다.

록산느 (하늘을 노려보며) 당신에게 아직 자비란 게 남아 있다면…… 저 여인과 아기를 지켜주시길.

딱 한 발 남았어요. 내려가다 혹시라도 산짐승을 만나면 따돌리는 데 도움이 될 거예요. 위험한 순간이 오면 써요. 물론 그럴 일이 없길 바라지만.

록산느, 다시 언덕을 오르고 골짜기를 지난다.
어느새 목적지에 도착한 록산느.
뒤에서 시라노와 크리스티앙이 총을 겨누며 등장한다.

크리스티앙 누구냐!

록산느 (양팔을 들고) 네, 네. 알았다고요. 근데 그 총 좀 치우고 얘기하면 안 될까요. 총이라면 이제 지긋지긋해.

록산느, 양팔을 든 채 뒤돌아선다.

시라노 록산느?

록산느 (시라노를 발견하고) 시라노!

크리스티앙 록산느!

록산느 (시라노를 지나쳐 크리스티앙에게 달려가며) 크리스티앙! 세상에, 결국 내가 해냈어!

록산느, 크리스티앙을 껴안는다.

크리스티앙 당신이 어떻게 여길…….

록산느 정말 대단했어요. 내가 여기까지 오면서 무슨 일들을 겪은 줄 알아요? 그 이야길 다 하려면 이 전쟁이 끝나도 모자랄 거야. (배낭을 내려놓으며) 먹을 걸 가져왔어요. 사람들을 불러와요. 풍족하진 않지만 며칠의 허기 정도는 채울 수 있을 거예요.

폭탄 터지는 소리.

시라노 록산느, 정말 괜찮은 거야? 어디 다친 데는 없어?

록산느 그럼. 아주 좋아.

크리스티앙 사방에 적이 깔렸을 텐데 여기까지 어떻게 들어온 거예요?

록산느 사랑의 힘이 날 데려다줬어요.

록산느와 크리스티앙, 키스한다.
그때 드 기슈가 들어온다.

드 기슈 (큰 소리로) 지금 뭐 하는 짓이야! 전쟁이 장난인 줄 알아?

록산느 내 사랑도 장난 아니에요.

드 기슈 돌겠네. 당신 정말 대단한 사람이군. 좋아요, 사랑이고 뭐고 다 좋은데, 우선 여길 빠져나가고 봅시다. 언제 공격이 시작될지 몰라요.

크리스티앙 그래요, 록산느. 어서 여기서 나가요.

록산느 벌써 잊은 거예요? 우린 죽음도 함께하기로 한 사이라고요.

시라노 록산느, 말 들어.

록산느 싫어. 신이 우리 편이 아니라면 차라리 당신과 함께 죽게 해줘요!

록산느, 크리스티앙을 껴안는다.

드 기슈 눈물 없인 못 봐주겠네. 그렇지, 시라노? (사이) 맘대로 해요, 죽든지 살든지. 커플 총알받이? 놈들도 총 쏠 맛 좀 나겠네!

시라노 곧 연대가 보급품 조달로 여길 빠져나갈 거야. 그때 같이 나가.

크리스티앙 제발, 록산느.

록산느 누구도 날 멈출 순 없어요! 설사 그게 당신이라고 해도.

사이

드 기슈 총 줘.

크리스티앙 네?

드 기슈 못 들었나? 총 달라고. 나도 여기 남아 진지를 지킨다.

크리스티앙 그건 안 됩니다. 제발 록산느를 데리고 내려가 주십시오.

드 기슈 (크리스티앙의 멱살을 잡고) 건방 떨지 마! 이건 내 명령이야!

시라노가 드 기슈에게 총을 건넨다.
드 기슈를 쳐다보는 시라노.

드 기슈 (총알을 장전하며) 나도 군인이야. 전장에 여자를 남겨두고 도망가는 짓 따윈 하지 않아.

시라노 이제 보니 돈키호테는 당신이군요. 풍차를 향해 돌진하는 무모하고 어리석은 돈키호테.

드 기슈 자존심과 명예는 너만 있는 줄 알았냐? 혹시 알아? 진창을 구르다 흙탕물 위에 뜬 숭고한 달이라도 보게 될지. (록산느에게) 여긴 당신이 좋아하는 봄날의 꽃밭이 아니에요. 눈보라 몰아치는 겨울의 광야 한복판이라고. 겨울은 내가 잘 알아요. 그러니까…… (록산느와 크리스티앙을 번갈아 바라본 뒤) 우선 내 막사로 가서 몸부터 녹입시다.

드 기슈가 크리스티앙에게 눈으로 신호를 보낸다.
크리스티앙, 록산느를 데리고 무대 한구석으로 간다.
드 기슈, 나가면서 시라노에게 작은 소리로 비아냥거린다.

드 기슈 그래도 난 매일 밤 목숨 걸고 편지를 실어 나르는 너만큼 미친놈은 아니야.

드 기슈, 나간다.
잠시 뒤 크리스티앙이 돌아와 시라노와 나란히 보초를 선다.

자존심과 명예는 너만 있는 줄 알았냐?
혹시 알아?
진창을 구르다 흙탕물 위에 뜬
숭고한 달이라도 보게 될지.
(록산느에게)
여긴 당신이 좋아하는
봄날의 꽃밭이 아니에요.
눈보라 몰아치는 겨울의 광야 한복판이라고.
겨울은 내가 잘 알아요.

시라노 저기 말이야. 혹시 록산느가 편지 이야길 꺼내더라도 너무 놀라지 마.

크리스티앙 무슨 말이야?

시라노 그러니까…… 내가…… 아니지, 크리스티앙이 편지를 좀 많이 썼어. (잠시 생각하다) 네가 생각하는 것보다 훨씬 더.

크리스티앙 나 단순한 거 알잖아. 쉽게 말해.

시라노 (답답한 듯) 그래! 내가, 내가, 썼다고, 네 편지를. 그러니까 너한테 말하지 않고 록산느한테 편지를 보냈다고. 가끔, 아니, 자주…….

크리스티앙 그 위험한 짓을?

시라노 뭐 생각만큼 어렵지는 않았어. 밤은 모두에게 공평하니까.

크리스티앙 그래, 네가, 아니 내가 일주일에 편지를 몇 통이나 썼는데? 두 통? 세 통? (사이) 네 통?

시라노 조금 더 써.

크리스티앙 설마…… 매일?

시라노 (고개를 끄덕이며) 것도 두 통씩.

사이

크리스티앙 시라노, 너 설마…….

시라노 절대 말하면 안 돼. 록산느가 알아서는 안 된다고. 무슨 말인지 알지?

그때 록산느가 돌아온다.

록산느 아무래도 불안해서 안 되겠어요. 당신하고 있겠어요.

록산느, 크리스티앙에게 달려가 포옹한다.

시라노 (눈치를 보다가) 나는 다른 쪽을 살펴볼게.

시라노, 무대 한쪽으로 가 선다.

크리스티앙 록산느, 혹시 여기까지 온 이유가…….

록산느 맞아요, 편지. 당신이 내게 보낸 그 편지들 때문이에요.

크리스티앙 …….

록산느 그러니까 화내지 마요. 날 여기로 이끈 건 결국 당신이니까.

크리스티앙 그깟 편지가 뭐라고.

록산느 그깟이라뇨! 어느 봄날, 당신이 내 방 창문 아래에서 내가 몰랐던 목소리로 내 영혼을 열기 시작한 이후로 난 당신을 사랑해왔어요. 당신이 떠난 자리는 바로 내 병상이 되었고, 누워 있는 동안에도 계속해서 당신 목소리가 들렸어요. 읽고 또 읽었어요. 당신이 전쟁터에서 보낸 편지는 여전히 아름다운 말로 가득했지만, 나는 그 뒤에 숨은 외침을 듣고 말았죠. 마치 고운체에 걸러진 사금처럼, 말들의 틈 사이로 떨어져 반짝이는, 장식이라고는 하나 없는 진실한 목소리를. 그러자 내 안에서 뭔가가 타올랐어요. 그건 지금까지 단 한 번도 느껴보지 못한 감정이었어요.

크리스티앙 그래서 죽음을 무릅쓰고 여기까지 왔다? 편지 때문에?

사이

록산느 나 고백할 게 있어요. 사실 당신을 처음 본 순간 외모에 마음을 빼앗겼어요. 미안해요. 그건 당신에게 모욕일 테니까.

크리스티앙 그럼 지금은?

록산느 당신 뜻대로 되었죠. 당신은 말 뒤에 가려진 당신 영혼을 보여줬고, 나는 봤어요. 이제 내가 사랑하는 건 오직 당신의 영혼뿐이에요.

폭탄 터지는 소리.

크리스티앙 록산느, 조금만 기다려줄래요? (자신의 겉옷을 벗어 입혀주며) 금방 돌아올게요.

크리스티앙, 멀찍이 서 있는 시라노에게 다가간다.

시라노 왜, 록산느에게 무슨 일이라도 생겼어?

크리스티앙 록산느가 사랑하는 건 너야.

시라노 무슨 바보 같은 소리야.

크리스티앙 영혼을 사랑한대. 영혼은 네 거잖아.

시라노 크리스티앙.

크리스티앙 모든 게 한순간에 무너져버린 기분이야. 아무것도 모르겠어. 빌어먹을 편지, 편지 때문에. 자, 이제 네 차례야. 너한테 기회가 온 거라고.

시라노 내 꼴을 좀 봐!

크리스티앙 그럼 내 꼴은? 보기 좋아? 내 사랑 지키자고 니 사랑을 짓밟아? 시라노, 나도 그 정도 분별력은 있어. (사이) 가서 말해.

시라노 날 그만 흔들어.

크리스티앙 언젠가는 밝혀질 거야.

시라노 아니, 우리만 침묵하면 돼. 날 믿어.

크리스티앙 이런 식으로 사랑을 지속하는 건 더 이상 사랑하지 못하는 것보다 훨씬 끔찍한 일이야. (짧은 사이) 고백 하나 할까. 나도 록산느에게 편지를 써본 적 있어. 너랑 오래 붙어 있었으니

네 아름다운 말이 내게도 조금은 스미지 않았을까. (실소하며) 착각이었어. 못 봐주겠더라고. 구겨버린 편지들을 불쏘시개로 쓰면서 생각했어. 내 사랑은 평생 말이 되지 못하고 허공을 떠돌다 사라지겠구나. (사이) 힘들었겠다, 시라노. 내가 그 마음을 아는데 너한테 어떻게 그래…….

시라노 크리스티앙…….

크리스티앙 네가 부러워죽겠어. 질투가 나서 돌아버리겠다고.

크리스티앙, 나가려다가 돌아선다.

크리스티앙 록산느와 달 아래서 키스로 맹세한 그날, 기억해? 우리가 사랑을 약속한 그 순간, 증인이었던 달이 사라져버렸어. 모든 게 깜깜해졌다고. 그러니까…… 아무것도 아닌 거야.

시라노 어디 가는 거야?

크리스티앙 난 단순한 놈이거든. 머리가 복잡할 땐 몸을 굴려야 돼. 전방 진지 좀 살펴보고 올 테니까 록산느 불러서 얘기해.

시라노 아니, 난 못 해.

크리스티앙 (록산느에게 다가가며) 록산느! 록산느!

시라노 제발, 크리스티앙!

크리스티앙 시라노가 당신한테 아주 중요한 얘길 할 거예요. 잘 들어봐요.

크리스티앙, 록산느의 이마에 입을 맞추려다가 그만둔다.
대신 시라노의 어깨를 살짝 두드리고는 나간다.
시라노, 크리스티앙의 팔을 붙잡는다.

크리스티앙 (뿌리치며) 나한테도 지키고 싶은 게 있다고! (사이) 부탁해, 록산느를 혼자 두지 마.

시라노, 무거운 표정으로 록산느에게 다가간다.
크리스티앙, 무대 뒤쪽으로 천천히 걸어간다.

무대 앞쪽에서는 시라노와 록산느의 이야기가, 뒤쪽에서는 크리스티앙의 이야기가 전개된다.

록산느 혹시 내 말을 못 믿겠대?

시라노 (망설이다가) 한 가지만 묻자. 크리스티앙에게 한 말, 진심이야?

록산느 당연하지. 안 그랬다면 나 혼자 여기까지 올 수 있었다고 생각해? 난 크리스티앙을 있는 그대로 사랑해. 그가 어떤 모습이더라도.

시라노 추남이라도?

록산느 물론.

시라노 끔찍해도?

록산느 끔찍해도.

무대 뒤쪽.
크리스티앙, 진지에 걸터앉아서 시라노의 편지를 꺼내 읽는다.
그때 아기를 안은 여인이 주위를 살피며 들어온다.
빠른 동작으로 경계 태세를 취하는 크리스티앙.

크리스티앙 손 들어! 움직이면 쏜다.

놀란 여인이 바닥에 주저앉는다.
크리스티앙, 총을 겨눈 채 여인 쪽으로 천천히 걸음을 옮긴다.
아기 울음소리.

크리스티앙 (놀라며) 민간인?

잔뜩 겁에 질린 여인이 조금씩 뒤로 물러선다.

크리스티앙 (총을 바닥에 내려놓고 빈 손을 보이며) 겁먹지 말아요. 군인입니다. 지금은 비상상황이라 여기 있으면 위험해요. 놈들이 언제 공격을 시작할지 몰라요.

아기 울음소리.

크리스티앙 아기가 어디 아픈가요? 혹시 그런 거면 의무대에 도움을 요청할 수도 있어요. 괜찮으시면 제가 아기 상태를 좀 봐도 될까요?

크리스티앙, 여인에게 한 발 한 발 다가간다.

시라노 (결심한 듯) 록산느, 할 말이 있어. 나 말이야. 널…….

그때 들리는 한 발의 총성.
여인의 총구가 크리스티앙을 향해 있다.
크리스티앙, 쓰러진다.
여인, 벌벌 떨다가 총을 버리고 울부짖으며 도망간다.

드 기슈, 총소리가 난 쪽으로 달려간다.
편지를 손에 쥔 채 쓰러진 크리스티앙을 내려다보는 드 기슈.

록산느 무슨 소리지?

시라노 전쟁터의 총소리는 새소리만큼 흔하니까.

잠시 뒤 드 기슈가 시라노와 록산느에게 다가온다.

록산느 네, 네. 당장 돌아가드리죠.

드 기슈 (록산느가 나가려고 하자) 나가지 마요!

록산느 네?

드 기슈 크리스티앙이…….

록산느 그에게 무슨 문제라도 생겼나요?

드 기슈 사고예요.

시라노 설마.

록산느 그래서요?

드 기슈 하필이면 가장 외진 곳에서.

록산느 그래서요?

시라노 록산느.

록산느 그래서요? 네? 그래서요?

드 기슈 총에 맞았습니다. 그리고 그 자리에서…….

록산느, 힘없이 주저앉는다.

시라노 록산느.

드 기슈, 편지를 시라노에게 건넨다.

시라노 편지…….

드 기슈 마지막까지 손에 쥐고 있었어.

시라노 (록산느에게 편지를 건네며) 크리스티앙은 늘 네 생각뿐이었어. 그가 미처 부치지 못한 마지막 편지야.

록산느 (편지를 바라보며) 핏자국, 그리고 눈물 자국. (사이) 시라노, 날 그 사람한테 데려다줘. 추울 거야. 이 옷 다시 돌려줘야지. 그리고 꼭 안아 줘야지.

록산느, 진지 쪽으로 천천히 걸음을 옮긴다.

드 기슈 시라노, 그 편지는…….

시라노 록산느를 부탁합니다. 옆에 있어주세요. 난 이곳에서 내 임무를 다하겠습니다.

록산느, 크리스티앙 앞에 무릎을 꿇고 앉아 외투를 덮어준다.
크리스티앙의 얼굴을 쓰다듬다가 버려진 총을 발견한 록산느.
총의 정체를 알아채고서 크리스티앙을 부여안고 오열한다.

조금 거리를 둔 채 그 모습을 바라보는 드 기슈.

시라노는 점점 격정에 휩싸인다.

시라노 황홀한 밤이다.

록산느 잔인한 밤이다.

시라노 이런 식으로 너의 사랑을 완벽하게 마무리하다니.

록산느 이런 식으로 우리의 사랑이 완벽하게 무너지다니.

시라노 그 사랑의 완성을 내 눈으로 직접 보게 하다니.

록산느 그 비극의 말로를 내 눈으로 직접 보게 되다니.

시라노 편지를 쓰지 말걸.

록산느 이곳에 오지 말걸.

시라노 내 초라한 욕망의 결과가 이리도 엄청나구나.

이곳에 오지 말걸.

그 비극의 말로를 내 눈으로 직접 보게 되다니.

이런 식으로 우리의 사랑이 완벽하게 무너지다니.

잔인한 밤이다.

록산느 다시는 내 사랑을 말할 수 없겠지.

시라노 (총을 장전하고) 이제 깃털처럼 가벼운 내 영혼만이 비탄에 빠진 저 연인을 위해 싸울 것이다. 누가 죽든 어차피 대가는 치르는 것일 테니.

시라노, 전장으로 돌진한다.
잠깐의 침묵 뒤에 울리는 한 발의 총성.
다리를 잡고 쓰러지는 시라노,
이내 일어나 절뚝거리며 나무를 향해 걸어간다.
연이어 터지는 총성.
다시 주저앉는 시라노.
포탄 소리와 함께 화약 연기가 피어오른다.

4장

10년 뒤, 바다가 내려다보이는 절벽 위 수녀원.

꽃나무 아래에 작은 테이블과 벤치가 놓여 있다.
벤치에 앉은 록산느가 찻물을 우리며 누군가를 기다린다.
잠시 뒤 드 기슈가 들어온다.

드 기슈 아니, 이런 우연이!

록산느 앙트완!

가볍게 포옹하는 두 사람.

드 기슈 근처에 볼일 있어 왔다가 생각나서 들렀어요. (록산느의 얼굴을 빤히 들여다보며) 와, 얼굴 핀 것 좀 봐. 여기 생활이 체질인가 보네. 아예 서원 받고 진짜 수녀가 되지 그래요?

록산느 수녀는 아무나 되는 줄 알아요? (목소리를 낮춰) 나 새로 부임한 원장 수녀님한테 제대로 찍혔어요. 어린 수녀님들이 나 때문에 나쁜 물 든다고. 억울해.

드 기슈 (장난스럽게) 왕년의 록산느라면 충분히 그러고도 남지, 암. (짧은 사이) 억울하면 이제 그만 세상 밖으로 나오지 그래요? 여긴 당신한테 어울리지 않아. (빈 찻잔을 들고 흔들며) 설마 날 위해 준비한 건 아닐 테고.

록산느 (웃으며) 곧 시라노가 올 거예요.

드 기슈 (한숨을 쉬며) 날을 제대로 골랐군.

록산느 매주 토요일 저녁 6시가 다가오면 저 멀리서부터 시라노의 지팡이 소리가 파도 소리에 실려 와요. 그러면 난 찻잔에 뜨거운 물을 부어 놓죠.

드 기슈 10년이라니! 참 대단해요. 시라노도 당신도. 록산느, 대체 언제까지 여기서…….

록산느 앙트완, 내 마음속에는 아직도 그이가 생생하게 살아 있어요. 손만 내밀면 닿을 것처럼.

드 기슈 (혼잣말처럼) 그럼 시라노는……?

록산느 네?

드 기슈 시라노한테 전해요. 당분간 조심하는 게 좋겠다고. 안 좋은 소문을 들었어요. 최근 발표하는 시며 연설 내용 때문에 벼르는 자들이 한둘이 아닌 것 같아요.

두 사람이 대화를 나누는 사이, 무대 한쪽에서 시라노가 지팡이를 짚고 등장한다.

시라노 (객석을 향해) 그러면 어떻게 해야 합니까. 또 다시 힘 있는 보호자를 찾아 그를 주인으로 섬겨야 합니까? 혼자 힘으로 날아오르는 대신 나무 둥치를 휘감아 돌며 껍질을 핥아대는 덩굴처럼 술수로 기어올라야 합니까? 재력가에게 찬미의 시구를 지어다 바쳐야 합니까? 아니면 어릿광대처럼 그들의 입가에 미소가 피어오르길 바라는 천막한 희망을 품어야 합니까? 매일 밥 먹듯 굴욕을 삼켜야 합니까? 허리를 더 유연하게 굽히는 연습을 해야 합니까? 아니, 그것도 나는 싫습니다. 나는…… 노래하고, 꿈꾸고, 웃고, 지나가고, 혼자 있고, 자유를 즐기고, 똑바로 보는 눈과 떨리는 목소리를 가지고, 마음이 내킬 때 이 펠트 모자를 비스듬히 쓴 채 찬성 혹은 반대를 위해 싸우거나 시를 쓸 겁니다. 명예나 부를 위해 일하지 않고, 달나라 여행을 꿈꿀 겁니다. 그리고 스스로에게 이렇게 말하겠습니다. "어이, 친구. 참나무나 떡갈나무는 못 되더라도 그에 빌붙어 사는 덩굴이 되진 말게!"

그때 모자를 푹 눌러쓴 괴한이 등장해 시라노에게 접근한다.

괴한 시라노 선생님?

나는······ 노래하고, 꿈꾸고, 웃고, 지나가고, 혼자 있고, 자유를 즐기고,
똑바로 보는 눈과 떨리는 목소리를 가지고, 마음이 내킬 때 이 펠트 모자를 비스듬히 쓴 채
찬성 혹은 반대를 위해 싸우거나 시를 쓸 겁니다.
명예나 부를 위해 일하지 않고, 달나라 여행을 꿈꿀 겁니다.

시라노 누구시죠?

괴한 독잡니다. 선생님이 발표하시는 글은 빼놓지 않고 찾아 읽고 있습니다.

시라노 영광입니다.

괴한 제가 영광이죠. 오늘 연설도 무척 인상 깊었습니다.

시라노 고맙습니다. 아, 다음 주말에는 광장에서 신작 시를 발표할 예정입니다만.

괴한 꼭 참석하죠.

시라노 그럼 전 중요한 약속이 있어서 이만.

사이

괴한 선생님?

시라노, 가다가 뒤를 돌아본다.

괴한 그래도 나무 입장에선 덩굴이 필요하지 않겠습니까? 거센 비바람이나 갑자기 내리치는 번개를 막아주기도 하거든요. (사이, 고개를 숙이며) 부디 몸조심하세요.

시라노, 고갯짓으로 인사한 뒤 지팡이에 몸을 의지해 느린 걸음을 옮긴다. 괴한, 시라노를 조용히 따라가다가 품속에 숨겨둔 흉기를 꺼내 뒤에서 그의 머리를 치고 사라진다.

시라노, 푹 쓰러졌다가 힘겹게 일어선다.
그러고는 모자를 깊이 눌러쓰고 가던 길을 천천히 간다.

드 기슈 이 말도 함께 전해줘요. 내 도움이 필요하면 언제든 돕겠다고.

록산느 내가 아는 시라노는 동정받는 걸 원치 않을 거예요.

드 기슈 동정? 내가 그를 동정할 주제나 됩니까?

록산느 앙트완.

드 기슈 당신도 알다시피 난 가진 게 많아요. 하지만 그토록 바랐던 단 한 가지는 가지지 못했지. 그걸 시라노가 가졌고. (혼잣말처럼) 그런 내가 누굴 동정해.

파도 소리, 그리고 저녁 6시를 알리는 종소리.

록산느 오늘은 조금 늦네요.

드 기슈 불청객이 온 걸 아는 모양이지. 또 봅시다.

록산느 같이 차 한잔해요.

드 기슈 난 아직 그 친구를 만날 준비가 안 됐어요.

록산느 반가워할 거예요.

드 기슈 그렇겠죠. 그게 바로 나와 시라노의 차이입니다. (나가다가 그 자리에 멈춰 서서) 당신도 제발 몸 좀 사려요. 걱정돼죽겠어, 정말! (뒤돌아서)

빌어먹을 전쟁은 여전히 진행 중입니다. 빵 한 조각이 아쉬운 상황에서 당신 가게만 군부대 납품을 거부하고 있고요. 당신이 이곳에 들어오기 전에 내린 결정이란 걸 윗선에서도 이젠 다 알고 있어요. 그게 무슨 뜻인지 압니까? 대체 무슨 배짱입니까? 그들 눈 밖에 나서 좋을 게 뭐 있어요?

사이

록산느 앙트완, 사는 동안 우리는 얼마나 많은 선택의 문 앞에 놓이게 될까요. 10년 전 어느 추운 겨울날, 내게도 그 순간이 찾아왔고 나는 문을 열었어요. 그리고 들어갔죠. 그게 다예요. (사이) 문 안에 스스로를 가두는 일이 내 선택에 대한 대가라고 여긴 적도 있어요. 그런데 요즘은 그런 생각이 들어요. 어쩌면 내가 열고 들어간 그 문은 입구가 아니라 출구였을지도 모른다고.

드 기슈 나는 시라노가 아닙니다. 좀 쉽게 말해요.

록산느 또다시 그 문 앞에 서게 되더라도, 나는 열 거예요. 나갈 거예요.

드 기슈 대체 당신의 그 담대함은 어디서 나오는 겁니까? (짧은 사이) 용기 말이에요.

록산느 (살짝 웃으며) 사랑하고 있나 보죠.

드 기슈 누구를?

록산느 무언가를. (짧은 사이) 우리는 사랑할 때 가장 용감했으니까요.

드 기슈 (잠시 골똘해지다가) 그럼 난 갑니다.

드 기슈, 나간다.
잠시 뒤 모자를 쓴 시라노가 등장한다.
록산느, 시라노를 발견하고 찻잔에 차를 따른다.

록산느 시라노가 약속 시간에 늦다니! 10년 만에 처음이야.

시라노 미안해. 성가신 손님이 찾아오는 바람에. 내가 말했지. "미안하지만 오늘은 토요일입니다. 지금 어딜 가야만 해요. 날 목 빠지게 기다리는 사람이 있거든요. 세상없어도 가야 합니다. 그러니 한 시간쯤 뒤에 다시 오세요. 그때 만나드리죠."

록산느 설마 우리의 계획을 잊은 건 아니지?

시라노 그럴 리가!

록산느 (목소리를 낮춰) 마르트 수녀님이 해변으로 내려가는 지름길을 알려줬어. 여기 지내면서 숨은 길이 있는지 처음 알았지 뭐야.

시라노 록산느, 미안하지만 오늘은 좀 일찍 가야 할지도 몰라.

록산느 (못 들은 척하며) 누군지는 몰라도 그 손님 참 안됐다. 난 보내주지 않을 거거든. (하늘을 보며) 봐, 달이 떠오르고 있어. 얼른 마시고 내려가자. (화제를 바꾸며) 지난 일주일 동안 밖에선 무슨 일이 있었어?

시라노 월요일에 정부에서 다시 전쟁을 선포했어. 화요일엔 사람들이 피켓을 들고 광장에 모여들기 시작했지. 수요일, 난 전쟁에 반대하는 글을 써서 사람들에게 돌렸고. 목요일, 누가 우리 집 대문을 두드렸어.

록산느 누구였어?

시라노 (장난스럽게) 모르지. 열어주지 않았거든. 그리고 어제도 누군가가 찾아왔지. 그리고 오늘 마침내…….

록산느 만났구나!

시라노가 달을 바라본다.
록산느도 달을 바라본다.
꽃잎이 바람에 흩날린다.

시라노 아름답다. 가지에서 땅까지 그 짧은 여정 동안, 그것이 마지막 아름다움이라는 걸 알기에, 꽃잎은 땅 위에서 썩어가리라는 걸 잘 알면서도 그 추락이 비상처럼 우아하길 원하는 거야!

록산느 난 싫어. 제 아무리 아름다운 꽃이라도 시들어 떨어지거나 누군가의 손에 꺾이고 싶지 않아.

시라노 그래, 록산느. 꽃이 되지 마. 꽃이 바라보는 달이 되렴.

시라노, 지팡이를 놓치고 중심을 잃은 채 기우뚱한다.

록산느 시라노!

시라노 괜찮아. 가끔 이래.

록산느 아직도……. 그날 우린 둘 다 상처를 입었지. 영원히 아물지 않을. (품속에서 편지를 꺼내며) 이건 내 상처야.

시라노 여전히 품고 다니는구나. 언젠가는 나한테도 보여준다고 한 거 같은데.

록산느 (망설이다가) 지금 볼래?

시라노 그래도 된다면.

록산느, 시라노에게 편지를 건넨다.
시라노, 소리 내이 편지를 읽기 시작한다.

시라노 "안녕, 록산느. 나는 곧 죽습니다."

록산느 부끄럽다.

시라노 "내 마음은 아직 다 말하지 못한 사랑으로 무겁지만, 나는 곧 죽습니다. 이제 다시는, 다시는 내 눈 안에 그대를 담지 못하겠지요."

록산느 여전하네, 시라노. 다른 사람이 쓴 편지를 이토록 잘 읽다니. 마치 크리스티앙이 살아 돌아온 것 같아.

시라노 "당신의 우아한 움직임을 보지 못하겠지요. 지금도 당신이 부끄러울 때마다 이마를 만지던 익숙한 몸짓이 선하게 떠오릅니다."

록산느, 어느새 추억에 젖는다.
무대가 어두워지며 두 사람의 실루엣만 보인다.

시라노 "난 외칩니다. '안녕'이라고."

록산느 이 목소리…….

시라노 "내 소중한 사람이여."

록산느 가슴 한쪽에 고인 이 목소리…….

시라노 "나의 사랑!"

록산느 시라노!

시라노 "내 마음은 단 한순간도 당신을 떠나지 않을 것이오. 그리고 나는 지금도, 저세상에 가서도 당신을 한없이 사랑했던 사람으로, 당신을……."

록산느 사방이 이렇게 캄캄한데 어떻게 편지를 읽을 수 있어?

긴 사이.

록산느 너였구나.

시라노 록산느.

록산느 왜 진작 몰랐을까.

시라노 아니야.

록산느 그래, 이제 알겠어. 그 수많은 편지는 네 것이었어. 그 달콤한 말들, 그날 밤의 목소리. 모두 너의 영혼이었어. 시라노가 날 사랑했구나.

시라노 아냐, 틀렸어. 난 널 사랑하지 않았어.

록산느 왜 그동안 말하지 않은 거야? 대체 왜?

시라노 아니라고, 록산느. 널 사랑한 건 내가 아니라 다른 사람이야.

록산느 말라버린 눈물 자국, 네 거였어.

시라노 하지만 핏자국은 크리스티앙 거야.

록산느 내가 널 불행하게 했어. 어리석게도…….

시라노 그때 우린 모두 어리석었지. 그리고 환하게 빛났지.

시라노, 머리를 부여잡은 채 쓰러지며 고통스러워한다.
모자가 벗겨지면서 피 묻은 붕대를 친친 동여맨 머리가 드러난다.
놀란 록산느, 시라노를 부축해 다시 의자에 앉힌다.
주위가 달빛으로 점점 환해진다.

록산느 세상에! 오면서 무슨 일이 있었던 거야? 사람을 불러야겠어.

시라노 아냐, 가지 마. 내 곁에 있어줘. 마지막으로 날 배웅해줘.

록산느 배웅이라니?

시라노, 비틀거리며 일어선다.

시라노 그 사람이 온 것 같아. 날 먼 데로 데려갈 거야. 한평생 그토록 가고 싶어 했던 곳으로 드디어 가는구나. 그곳에서 소크라테스와 갈릴레이를 만나야지. 세상의 비밀을 풀고 싶어 했던 철학자와 과학자, 시인, 예술가, 음악가, 검객 들. 그리고 우주를 떠도는 여행자들……. 내가 진정 사랑했던 사람들이 날 기다리고 있어. 록산느, 이제 떠날 시간이야. 짧은 생을 사는 동안 월계관도 장미꽃도 다 빼앗겼지만, 한 가지만은 끝까지 지켰어. 바로 그건…… (록산느에게 깃털 펜을 건네며 희미하게 웃는다) 깃털. 바람을 타고 멀리 날아갈 듯 한없이 가벼운 깃털. 결코 지상에 내려앉지 않고 어디로든 자유롭게 유영할 수 있는 '나'라는 깃털.

시라노, 쓰러진다. 움직임이 없다.
록산느, 시라노를 무릎에 눕힌다.
잠시 뒤 드 기슈가 뛰어 들어온다.

드 기슈 록산느! 시라노가……. (쓰러진 시라노를 발견하고) 결국…….

드 기슈, 성호를 긋는다.

록산느 당신 말처럼 어쩌면 우린 정말 인연인지도 모르겠네요. 이토록 끔찍한 죽음을 두 번이나 함께 겪다니.

드 기슈 하지만 나는 여전히 당신의 슬픔을 그저 바라보는 일밖엔 할 수 있는 게 없군요.

사이

드 기슈 (시라노를 내려다보며) 시라노, 마침내 네가 그토록 원하던 진흙탕 위에 뜬 숭고한 달로 가버린 건가?

드 기슈, 조용히 운다.

록산느 울고 있군요.

드 기슈 평생을 눈엣가시였던 자가 드디어 사라져버렸는데 왜 눈물이 나지? 아마 시라노라면 이 감정의 정체를 알려줬겠죠? 록산느, 사람들은 내가 가진 권력을 동경하고 두려워하지만 나를 사랑하진 않아요. 하지만 시라노는 많은 이의 사랑을 받았지. 심지어 적들한테도. 세상은 말하겠죠. "시라노 드 베르주라크, 결국 단 한 사람의 사랑을 얻지 못한 채 평생을 외롭게 살다

깃털. 바람을 타고 멀리 날아갈 듯 한없이 가벼운 깃털. 결코 지상에 내려앉지 않고 어디로든 자유롭게 유영할 수 있는 ‘나’라는 깃털.

가 죽다!" 그런데 록산느, 우리 둘 중에 누가 더 외로운 인간일까요. (사이) 난 나가서 장례를 준비할게요. 이번에는 당신에게 충분히 애도할 시간을 줄 수 있어서 다행이오.

드 기슈, 나간다.

록산느 (품에 안긴 시라노를 내려다보며) 나는 오래도록 한 사람만을 사랑했는데, 왜 그 사람을 두 번이나 잃어야 할까.

록산느, 바닷가 절벽 쪽을 바라본다.
어느덧 달이 떠오르고 사방이 환하게 밝아온다.

록산느 시라노, 달이 차오르고 있어. 올해 들어 가장 커다란 달이야. 어서 나가자. 바다로 향하는 비밀의 길로. 파도가 달에 이끌리는 시간이야. 바닷물이 점점 높아지고 있어. 헤엄을 치고 해변에 나란히 드러누워 있으면 달이 우릴 끌어당기겠지? 우린 날아오르겠지? 깃털처럼 가볍게, 가볍게.

파도 소리.

록산느 네가 평생 다다르고 싶어 했던 그 달, 나도 가보고 싶어.

에필로그

무대 밝아지면, 록산느가 밀 포대를 어깨에 짊어지고 들어온다.
포대를 열어 밀 상태를 살펴보는 록산느.
잠시 뒤 올리브 자루를 든 뱅상과 세실이 들어온다.

록산느 올리브는 이쪽으로.

뱅상, 자루를 무대 한쪽에 내려놓는다.

록산느 이건 낭트에 있는 보육원으로 갈 거지?

세실 응, 모레. 생장 가는 건 수량 체크해서 다 실어 놨어.

록산느 (자루 안을 확인하며) 걱정했던 것보다 상태가 좋은데?

세실 말도 마. 뱅상 얘, 완전 피곤한 스타일이야. 아이들 먹일 올리브는 쓴맛 나면 안 된다고 배 타고 코르시카까지 다녀왔다니까.

뱅상 록산느, 아무래도 날 밝으면 출발하는 게 좋을 것 같은데.

록산느 수용소에 먹을 게 바닥난 지 오래래. 내일 아침까지 가져다주려면 지금 나서야 해.

뱅상 그럼 나랑 같이 가. 이 밤에 너 혼자 생장까지 가는 건 아무래도 위험해.

록산느 가게는 어쩌고. 걱정 마. 늘 해오던 일인데 뭐.

뱅상 그때랑 상황이 다르니까 그러지. 게다가 거긴 접경지역이라고.

세실 (팔꿈치로 뱅상을 툭 치며) 됐어. 우리 중에 겁은 네가 제일 많잖아. (록산느에게) 보름이라 다행이야. 달이 크고 환해.

록산느 다들 고마워. 그동안 나 때문에 힘들었지?

세실 덕분에 이 지역 사람들한테 인심 하난 제대로 얻었지.

뱅상 덕분에 이 지역 군인들한텐 미운털 제대로 박혔고.

세실 겁쟁이! 우리가 언제 나라 덕 보며 살았어?

뱅상 (세실의 어깨를 잡으며) 아무래도 우리가 빨리 사라져주는 게 록산느를 위한 일 같다. (록산느에게) 내일은 얼마나 바쁘려나. 네가 돌아오니까 상가 전체가 들썩들썩해.

세실 (록산느와 포옹하며) 조심히 잘 다녀와.

뱅상과 세실, 나간다.
록산느, 짐을 꾸리다가 배낭 속에서 무언가를 발견하고 꺼낸다.
깃털 펜과 총이다.
록산느, 그것들을 가만히 들여다보다가 다시 배낭에 집어넣는다.
그사이 달이 점점 더 크고 환해진다.
록산느, 외투를 입고 배낭을 어깨에 걸친 다음 달을 바라본다.
그러고는 뭔가 결심한 듯 무대 가장 높은 곳, 달 가까이로 올라간다.
긴 사이
달 너머로 총을 힘껏 집어던지는 록산느.
난간에 걸터앉아 깃털 펜으로 편지를 쓴다.

조명의 변화.
드 기슈가 들어온다.
드 기슈, 록산느가 편지 쓰는 모습을 가만히 올려다본다.
잠시 뒤 시라노와 크리스티앙이 들어와 드 기슈 옆에 선다.

드 기슈 (깜짝 놀라며) 뭐, 뭐야!

시라노 뭘 그렇게 놀라?

드 기슈 왜…… 보여?

크리스티앙 못 본 새 많이 늙었네.

드 기슈 우리 말이야. 같이 있으면 안 되는 거 아닌가? 너희와 나는…… 그러니까…… 사는 세계가 다르잖아. (놀라며) 설마 나 죽었어?

크리스티앙 록산느가 우리를 여기로 불러냈으니까.

드 기슈 여기가 어딘데?

시라노 록산느의 마음속 어딘가.

드 기슈 말이 돼?

시라노 믿어라.

크리스티앙 이건 연극이니까.

드 기슈 지긋지긋한 놈들!

세 사람을 발견한 록산느, 일어나서 팔을 흔들며 인사한다.

록산느 안녕!

셋 모두 안녕!

록산느 다들 좋아 보여!

셋 모두 너도 좋아 보여!

손그늘을 만들어 먼 데를 바라보는 록산느.
사이

시라노 뭘 보고 있어?

록산느 달이 보는 걸 보고 있지. 여기 있으니까 모든 게 아주 잘 보여. 구름들, 새들, 산과 바다 그리고 이름 모를 온갖 꽃들. 모든 것이 태어나고 동시에 사라져. 가을이 끝날 무렵 봄이 찾아오고, 여름과 겨울이 함께 시작돼. 너무나도 낯익고 한없이 낯설어. (사이) 너희도 내가 잘 보여?

시라노 그럼. 너는 항상 그곳에 있었으니까.

크리스티앙 우리는 항상 그곳을 바라봤으니까.

드 기슈 (의뭉스럽게) 손에 든 그건 뭘까?

록산느 아, 편지를 썼어.

드 기슈, 몸을 배배 꼬며 부끄러워한다.

시라노 얘 또 왜 이래?

크리스티앙 너 설마…….

드 기슈 왜! 뭐! 야, 10년이다, 10년. 솔직히 이 정도 기다렸으면 기대 좀 해도 되잖아.

크리스티앙 과연?

시라노 (록산느에게) 아름다운 이여, 그 편지를 부디 당신 입술로 읽어주세요.

드 기슈 (손사래 치며) 에이, 민망하게. 됐어, 됐어. 록산느, 이따 나한테만 살짝…….

록산느 (편지를 펼치며) 록산느가…….

긴장하는 세 사람.

록산느 록산느에게.

실망하는 세 사람.

록산느 근사한 작별 인사가 내 것이 아니듯

크리스티앙, 눈짓으로 반응한다.

록산느 봄날에 떠올리는 한겨울이 내 일이 아니듯

드 기슈, 눈짓으로 반응한다.

록산느 어리석고 빛나던 그 시절이 내 몫이 아니듯

시라노, 눈짓으로 반응한다.

록산느 당신 또한 내 사람이 아니란 걸 이제는 압니다.
그럼에도 나는 여전히 사랑하고 있습니다.
그것만이 온전히 내 것이고 내 일이며 내 몫이니,
당신은 그저 당신처럼 아름답기를.
여백 없는 편지처럼 아름답기를.

사이

크리스티앙 록산느, 당신 정말 짱이야.

록산느 그걸로 충분해!

박수를 보내는 세 사람.
록산느, 꽃나무로 가서 편지를 매단다.
꽃나무가 환해진다.

록산느 사랑은 사랑하지 않으면 아무것도 가르쳐주지 않아. (짧은 사이) 우리의 사랑이 우리에게 가르쳐줬어.

록산느, 큰 심호흡과 함께 무대 아래로 내려간다.
그러고는 뚜벅뚜벅 객석을 지나 극장 문 앞에 선다.
사이
록산느, 문을 활짝 열고 나간다.
무대 천천히 어두워진다.
어둠 속에서 꽃나무만 환하다.

막

근사한 작별 인사가 내 것이 아니듯
봄날에 떠올리는 한겨울이 내 일이 아니듯
어리석고 빛나던 그 시절이 내 몫이 아니듯
당신 또한 내 사람이 아니란 걸 이제는 압니다.
그럼에도 나는 여전히 사랑하고 있습니다.
그것만이 온전히 내 것이고 내 일이며 내 몫이니,
당신은 그저 당신처럼 아름답기를.
여백 없는 편지처럼 아름답기를.

인터뷰 노트

인터뷰 진행 및 정리 | 한현주(극작가)

〈록산느를 위한 발라드〉의 원작은 프랑스 극작가 에드몽 로스탕이 1897년에 발표한 『시라노 드 베르주라크』이다. 작가는 17세기에 실존했던 '시라노 드 베르주라크'라는 인물의 삶에서 모티프를 얻었다. 철학을 탐미하고 공상과학 소설을 썼던 그는 검을 잘 다루는 군인이기도 했다. 하지만 지나치게 큰 코 때문에 콤플렉스에 시달렸다. 사람들이 자신의 코를 쳐다보면 순식간에 검을 빼어 들 정도였다고 한다. 에드몽 로스탕은 이 같은 캐릭터를 가져와 서정적인 시인이면서 열정적이고 반항적인 청년 검객 시라노를 재창조했다. 그리고 그의 사랑을 그려냈다. 시라노는 록산느를 흠모하지만 차마 그 마음을 밝히지 못하고, 오히려 그녀가 첫눈에 반한 아름다운 청년 크리스티앙을 돕는다. 록산느를 향한 사랑의 편지를 대신 써주면서 말이다.

극작가 김태형이 각색한 〈록산느를 위한 발라드〉는 시라노가 아닌 록산느를 중심으로 네 명의 청년을 세웠다. 원작에서 록산느의 사랑을 갈구하는 또 한 명의 인물 드 기슈를 시라노와 크리스티앙 사이에 적극적으로 위치시켰다. 자, 이제 이렇게 결성된(?) 낭만 서사의 네 주인공이 지금의 관객과 독자 들을 만난다. 2015년 국립극단은 청소년극으로 이 작품을 제작했다. 우리 사회에서 어른들은 청소년들이

입시를 위해 사랑은 잠시 미뤄두기를 바란다. 마치 그 유예된 사랑이 꽃피울 시기는 따로 있다는 듯이. 하지만 느닷없이 밀려오는 사랑 앞에서 누가 시기를 운운할 수 있을까. 그래서 〈록산느를 위한 발라드〉는 청소년극으로는 보기 드물게 세대를 아우를 수 있는 작품이 되었다. 누구나 환하게 빛났던 청춘의 시기를 거쳐왔으니 말이다.

2015년 초연과 2017년 재연을 거쳐 2025년 새로운 버전의 공연까지, 오랜 시간 함께 작업해온 서충식 연출가와 김옥란 드라마터그를 만나 원작과 각색 희곡에 대해 이야기를 나누어보았다.

한현주 록산느를 중심으로 재창작하면서, 고전이 지금의 관객과 더 폭넓게 만날 수 있게 된 것 같아요. 특히 청소년극으로 각색된 것이 인상적인데요. 그에 맞게 캐릭터나 설정이 바뀌었죠?

김옥란 각색을 하는 작가는 원작과 대화하는 사람입니다. 그 과정에서 우선 록산느가 청소년극의 중심인물이 될 수 있는 가능성을 찾은 거 같습니다. 원작에서 록산느는 주로 남자들이 사랑을 갈구하고 표현하는 대상으로 그려지잖아요. 하지만 마지막에 그녀 스스로 성장하고 깨닫는 과정에서 청소년극 인물로서의 가능성이 크다고 본 거죠. 그게 작가의 핵심 아이디어였습니다. 또, 록산느뿐 아니라 주요 인물들이 청소년극 주인공으로서 가지는 의미에 대해 작가가 주목했어요. 막 사랑을 시작하고 그 과정에서 고통을 겪고, 게다가 전쟁이라는 상황과 맞물려 함께 성장해가는 인물들이니까요.

서충식 특히 드 기슈는 재창작에 가깝죠. 원래는 유부남이고 막강한 권력을 가진 악당에 가까운 인물이었어요. 그런데 각색을 통해 부유한 집안의 '금수저' 청년이지만 다른 이들과 함께 사랑과 전쟁을 경험하면서 변화를 겪는 인물로 그려졌죠. 나이도 다른 인물보다 조금 더 많을 뿐, 또래로 설정되었어요. 그래서 더 많은 공감을 끌어내었다고 생각해요.

김옥란 시라노도 원작에서는 록산느의 사촌 오빠로 설정되어 있습니다. 이런 부분은 빠지고 또래인 네 청년이 핵심이 된 거예요. 초연 때는 록산느가 시라노를 오빠라고 불렀는데 이번 대본 수정을 통해서 모두가 서로의 이름을 부르는 것으로 바뀌었다는 점도 의미가 있습니다. 사소한 호칭 변화일 수 있지만 록산느를 조금 더 주체적으로 그릴 수 있게 된 지점이 아닌가 해요. 그리고 실존 인물 시라노가 1654년 프랑스와 스페인 사이에 벌어졌던 교전에서 부상을 입고 돌아왔을 때가 스물두 살이었습니다. 이후 서른세 살에 의문의 죽음을 당하죠. 뜨거운 사랑과 시적 열정으로 똘똘 뭉친 사람이어서 당시에 청춘의 상징 같은 존재였다고 해요. 그래서 작가 에드몽 로스탕이 더 애정을 가졌을 겁니다. 유럽은 코메디아 델라르테*의 전통을 가지고 있어요. 그 안에서 등장인물은 유형이 있는데 코가 큰 광대라든지, 허풍선이 군인 같이 일정한 타입으로 정해져 있죠. 에드몽 로스탕도 그런 연극 전통 안에서 우스꽝스러우면서도 페이소스가 짙은 캐릭터로서 시라노를 만들어낸 겁니다. 시라노가 지닌 낭만과 의협심 같은 것들이 작품 안에 잘 녹아 있고 각색도 이를 잘 살렸습니다. 그리고 여기에 더해 지금까지 많이 회자되면서도 정작 시라노에 늘 가려져 있었던 록산느를 전면에 세운 거죠.

서충식 록산느의 경우 원작에서는 고아로 설정되어 있고 그 시대의 여성상이 반영되어서 조금 수동적인 인물로 그려졌죠. 그런데 이 작품에서는 열다섯 살에 스스로 이름을 바꾸기도 하고, 시장통에서 식자재 상점을 운영하면서 적극적으로 살아가는, 사랑 앞에선 누구보다 솔직한 사람이에요.

김옥란 크리스티앙은 원작처럼 아름다운 청년이긴 하지만, 어딘지 모르게 촌스럽고 빈틈이 많은 친구로 그려져서 웃음을 줍니다. 이른바 '넘사벽'이 아니라 친근한 느낌이에요. 배우들이 연기를 통해서 이런 부분을 잘 살려왔다고 생각

* commedia dell'arte. 16세기 이탈리아에서 발달한 희극. 18세기까지 서유럽 연극에 영향을 주었는데 특히 프랑스에서 널리 퍼졌다. 노래와 춤, 곡예 등을 비롯해 배우의 즉흥적이고 우스꽝스러운 연기로 당대의 인물들을 풍자했다.

합니다. 사실 인물들이 다 결함을 가지고 있잖아요. 사랑만 놓고 정리해보자면 이렇습니다. 사랑하지만 그 사람은 내 마음을 모른다(시라노), 사랑하지만 나만의 언어로 표현할 수 없다(크리스티앙), 사랑받고 있지만 그런 줄 모른다(록산느), 다 가졌지만 사랑만 없다(드 기슈). 관객은 인물들의 결핍을 지켜보며 이런저런 생각을 하게 됩니다. 저는 특히 마지막 부분이 참 좋은데요. 록산느가 편지를 쓴 사람이 시라노임을 알게 되는 상황이 전쟁터에서 바로 전개되지 않고 한참 뒤에야 그려지잖아요? 시라노가 자신이 속한 사회에 대한 확장된 사랑을 바탕으로 자기 인생을 열심히 살고, 또 그런 삶이 의미가 있다고 느끼는 가운데 이 편지의 근원이 밝혀지고 마무리되는 게 매우 와닿더군요. 다른 인물들도 서른 초반의 나이가 된 지금, 청춘의 끝자락에서 자기 나름대로 청춘의 마침표를 찍고 자신의 사랑을 아름답게 잘 간직한 채 살아갈 수 있게 되는 거죠. 그런 추억과 기억이 삶의 동력이 되는 과정이 원작에서도 굉장히 인상 깊었고, 김태형 작가도 이를 잘 그려냈습니다.

한현주 록산느가 전쟁의 참상을 경험하는 에피소드가 인상적인데요. 그녀의 성장에 중요한 계기가 되는 것 같아요.

서충식 전쟁터에서 크리스티앙은 록산느가 자신의 외모가 아닌 내면을 보고 사랑에 빠졌음을 깨닫

게 되는데요. 하지만 그 내면은 시라노의 편지를 통해 전해진 것이니 자신이 아닌 거죠. 결국 시라노에게 말해요. 록산느에게 사랑을 고백하라고. 그러고 나서 욱하는 마음에 경계선까지 나갔다가 적군의 총에 맞는다는 것이 지난 공연까지의 설정이었어요. 그런데 이번 공연을 앞둔 대본 수정에서 더 적극적인 설정이 들어온 겁니다. 록산느가 전쟁터로 향하던 중에 적국인 스페인의 민간인 여성을 만나게 되고 그녀에게 준 총에 크리스티앙이 죽음을 맞게 되는 건데 굉장히 강한 에피소드죠. 록산느에게는 엄청난 충격일 거예요.

김옥란 원작에서 록산느는 빵과 같은 보급품을 가지고 여러 사람의 도움을 받아 전쟁터로 가죠. 그리고 병사들의 환영을 받습니다. 하지만 우리 작품에서는 전쟁의 비정함을 드러내는 것이 핵심이에요. 참전한 세 청년 모두 이를 피해 갈 수 없었고 뒤늦게 전쟁터로 향한 록산느도 직접직으로 이를 경험합니다. 그래서 록산느는 일상으로 돌아온 후에 장사를 계속하면서도 군부대에 물자 납품하는 일을 거부해요. 전쟁터에서 아이를 품고 있는 여성을 도와주었던 것처럼 이제는 피난민 수용소에 옷감과 식자재를 보내죠. 물론 전쟁 에피소드가 록산느에게는 가혹한 면이 있습니다. 자신이 전한 총에 사랑하는 남자가 죽었으니까요. 그래서 더더욱 시간이 필요했을 겁니다. 결국 10여 년의 시간이 흐른 뒤에야 자기만의 삶을 새롭게 시작하죠.

서충식 군수물자를 대라는 요구에도 끄떡하지 않는 록산느의 선택을 두고 드 기슈가 물어요. 대체 그 용기는 어디서 나오는 거냐고. 록산느는 이렇게 답하죠. "사랑하고 있나 보죠. (……) 우리는 사랑할 때 가장 용감했으니까요"라고. 참혹한 전쟁을 겪었기에 이런 신념을 표현할 용기가 생긴 거 아닐까 싶어요.

한현주 지금 우리 시대에 벌어지고 있는 전쟁의 참혹함이 반영된 것처럼 느껴지기도 했어요. 여성과 어린이, 노인 등 약자들이 그 피해를 고스란히 떠안게 되는 상황을 우리 모두가 목도하고 있으니까요.

서충식 지금까지의 공연에서는 무대 세트가 주로 나무 재질이었어요. 그런데 이번에는 철을 주로 씁니다. 훨씬 더 차가운 느낌을 주죠. 현대적인 느낌도 있고요. 관객은 지금의 전쟁을 떠올릴 수도 있을 겁니다.

김옥란 시라노가 살았던 17세기는 화승총이 등장한 때이기도 합니다. 인물들이 칼로 싸우기도 하지만 그들은 엄연한 총사(銃士)들이죠. 그 유명한 삼총사의 '총사'도 총으로 싸우는 군인을 뜻해요. 지금 보면 화승총이라는 게 변변치 않은 무기 같지만 칼에서 총으로의 무기 이동은 매우 큰 변화입니다. 과거와는 전쟁의 양상이 완전히 달라지니까요. 작품에서 그려지고 있는 전쟁은 유럽사에서 유명한 30년 전쟁이에요. 가톨릭과 개신교 사이의 종교적 갈등을 포함한 전쟁이었는데 종교가 전쟁 참전을 옹호했습니다. 절대왕정의 기틀이 마련되는 과정이기도 했고요. 전쟁이 오래 지속되면서 국가별 이권 다툼이 심해졌고 더 냉혹한 마키아벨리즘*에 바탕을 둔 세계로 변해가는 과정에 총의 역할이 컸던 겁니다. 그래서 훨씬 더 무자비하고 파괴적인 전쟁이 되었죠. 이런 가운데 시라노라는 낭만 검객이 있었던 거예요. 칼로는 절대 이길 수 없는 싸움에서 언어로 마지막까지 맞섰다고 볼 수 있습니다.

한현주 교전 중에도 하루에 두 번씩 편지를 썼으니까요. (웃음) 한편 어리석어 보이지만 그 뜨거운 사랑이 더 절실하게 다가오기도 했어요. 그렇다면 편지로 대표되는 문학성이 어떻게 지금의 관객에게 유효할 수 있는 걸까요.

서충식 공연을 거듭하면서 시적인 문학성이 아직도 유효하다는 걸 잘 느낄 수 있었어요. 흔히 청소년들은 이미지에만 이끌린다고 생각들 하죠. 편견이었어요. 언어가 아직도 우리 삶 속에 살아 있다는 걸 서로가 발견하는 과정이었어요. 어쩌면 우리 모두가 지금까지 도외시해

* 마키아벨리의 저서 『군주론』에서 비롯된 사상으로, 국가 지상주의의 정치 이념을 뜻한다. 정치가는 그의 정치 목적을 달성하기 위하여 어떠한 수단을 사용하여도 좋다고 일반인에게 인식되었고, 그러한 생각이 마키아벨리즘을 낳게 되었다.

왔던 거죠. 관객들의 좋은 반응을 보면서 도리어 그 문학성을 표현하는 것에 너무 두려워하지 않아도 되겠다 싶었어요. 연출로서는 사실 좀 어려운 부분이 있어요. 언어의 매력과 신체적 역동성을 함께 잘 살려야 울림이 있는 작품이 되니까요. 그 균형을 잘 맞추기가 쉽지 않아요. 펜싱을 하고 총을 겨누며 무대를 종횡무진 휘저으면서도 시적인 대사를 정확하게 전달해야 한다는 점이 배우들에게도 큰 과제입니다.

김옥란 작품 전체가 매우 시적입니다. 인물들의 관계나 서사의 진행 과정이 직관적이고 대사도 매우 간결한 리듬을 갖고 있죠. 그래서 연습 과정에서 정서나 감각으로 대사의 사이, 장면의 사이를 채워나가는 작업을 많이 해왔어요. 그런 노력이 무대에서 잘 살아서 관객에게 전달되었으면 하는 바람입니다.

한현주 많은 청소년극이 주로 일상적인 언어의 리얼리티에 집중해왔기 때문에 이 작품이 더 신선하게 다가와요. 희곡집을 낭독하는 재미도 있을 거 같고요. 앞서 말한 문학성을 함께 표현해낼 무대에 대해서 조금 더 얘기를 나눠보도록 하겠습니다. 독자들은 아무래도 달과 꽃나무의 이미지를 가장 중요하게 떠올릴 것 같아요.

서충식 꽃나무는 처음부터 작가가 각색을 통해 제시한 이미지예요. 나무는 자라면서 커지고 잎과 열매로 그 풍요로움을 발산하기도 하고, 또 지기도 하잖아요. 푸른 잎으로 생기를 드러낼 때의 나무는 청소년기와 닮은 것 같아요. 그런 나무에 열렬한 마음의 편지를 매달고 교류하는 느낌이 좋았어요. 주렁주렁 열린 그 편지들로 환해진달까요. 그리고 무대에 나무가 있다는 걸 계속 생각하면서 연습하다 보니 배우들이 나무를 이용해서 즉흥적인 움직임을 만들어내기도 했어요. 드 기슈가 나무 뒤에 숨어 있다든가 하는 것이 그런 예죠. 이런 다양한 움직임이 동시대 청소년 관객과의 소통에 도움이 된다고 생각해요. 움직임을 통해 고전의 문학성이 관객에게 조금 더 유연하게 가 닿을 수 있죠.

김옥란 원작에서 달의 이미지는 시라노의 시적 서정성을 대변합니다. 시라노를 달에서 떨어진 사나이로 보기도 하죠. 초반 연습 때는 달 이미지를 좀 놓치고 있었는데 연습을 거듭할수록 그 중요성을 알게 되었어요. 연출님과 얘기를 나누면서 무대의 중심 이미지 중 하나로 달을 그려냈습니다. 무대에 환한 달이 떠 있답니다.

서충식 또 대본에서 록산느라는 이름이 환한 빛을 뜻한다고 말하잖아요. 인물들의 긴 여정이 달처럼, 꽃나무처럼 환하길 바라는 작가의 마음이 담겼을 겁니다.

한현주 원작은 극장에서 이야기가 시작되고 각색 희곡에서는 '이건 연극이야'를 계속 강조하잖아요. 어떤 의도일까요?

서충식 극장에서 과거의 드라마를 재현하는 것이 아니라 지금, 관객 눈앞의 이 무대에서 이야기가 펼쳐지고 있다는 걸 강조하는 거죠. 관객과 좀 더 적극적으로 소통할 수 있는 장치라고 봐요. 장면 중간에 배우들이 객석에 내려가서 관객에게 질문을 던지기도 하는데요. 이런 것도 같은 맥락이라고 볼 수 있죠. 또 무대장치도 적극적으로 사용해요. 극장의 환경에 따라 조금씩 달라지기도 하지만 무대에 밧줄이나 봉 같은 장치들이 설치되어 있는데요. 예를 들어 보초를 서는 장면에서도 사실적으로 그 상황을 재현하기보다 배우가 무대장치를 활용해서 양식적인 움직임을 펼쳐 보임으로써 연극이라는 점을 더 강조하죠.

김옥란 마지막에 록산느가 객석을 가로질러 극장 밖으로 퇴장하도록 설정한 것도 마찬가지 의미입니다. 원작에서는 록산느가 수녀원에서 시라노를 애도하면서 이야기를 마무리 짓는데, 우리 작품에서는 록산느가 세상 밖으로 나아가면서 자신만의 새로운 삶을 살아갈 것임을 보여주는 겁니다. 어쩌면 동시대 우리의 삶 속으로 그녀가 뚜벅뚜벅 걸어온다고도 생각해볼 수 있지 않을까요.

이 인터뷰는 2024년 11월에 예정된 지방 공연을 앞두고 진행되었다. 이듬해 봄에는 서울 명동예술극장 무대에 오를 예정이다. 원작과 각색 희곡의 힘이 모두 단단했기에 가능한 여정이라고 연출가와 드라마터그는 입을 모았다. 시라노는 쓰러져가면서 이렇게 말한다. “그때 우린 모두 어리석었지. 그리고 환하게 빛났지." 어리석었던 그 시간이 실패를 말하는 것은 아니다. 그 자체로 환하게 빛났다면 그 빛은 앞으로의 시간과 또 다른 여정을 비추게 될 것이다. 〈록산느를 위한 발라드〉의 여정도 그렇게 이어질 것이다.

사랑은 사랑하지 않으면 아쿠것도 가르쳐주지 않아. 우리의 사랑이 우리에게 가르쳐줬어.

국립극단 청소년극 희곡선 2

록산느를 위한 발라드

초판 1쇄 2024년 12월 16일

원작 에드몽 로스탕
각색 김태형

기획 국립극단 어린이청소년극연구소
발행인 박정희(국립극단 단장 겸 예술감독)

출판 제철소
등록 제2014-000058호
전화 070-7717-1924
팩스 0303-3444-3469
이메일 right_season@naver.com
SNS instagram.com/from.rightseason

ISBN 979-11-88343-77-5 43860